GLI ATLANTI DI VOYAGER
AI CONFINI DELLA CONOSCENZA

DANILO GROSSI

Le Sette Meraviglie del Mondo

GIUNTI

BIARMIA
CARELIA
LIVONIA
GOTIA
LITVANIA
POLONIA
CIRCAS
FRAN
CIA
MARE MAGIORE
LOMBARDIA
DELFINATO
DALMATIA
MACEDONIA
PROVENZA
MARCA
ROMA
VALENZA
CORSICA
SARDEGNIA
SICILIA
MOREA
CANDIA
CARAMANIA
MARE
MEDITER RANEO
DESERTO
GVADEMES DESERTO
TEOREGA DESERTO
A F R I C
ARGIN
TARGA
AGADE R
TOMBOTV R
CASSENA R
NVBIA
GAGO R
MELLI R
ZEGZEG R
BORNO R
BENIN
GVINEA R

In un lontano passato geniali ingegneri e grandi artisti hanno dato vita a sette spettacolari costruzioni, uniche al mondo per originalità e bellezza. Creazioni spesso gigantesche che hanno fatto parlare di sé tutto il mondo antico. Una fama che ha superato le barriere del tempo, per arrivare intatta fino ai nostri giorni.

- Perché gli antichi sentirono il bisogno di realizzare opere magnifiche?
- Come fecero a costruirle?
- Perché le Sette Meraviglie del Mondo sono andate quasi tutte distrutte?

Benvenuti!

È un viaggio a ritroso nel tempo quello che stiamo per fare. Un cammino ideale fino a un'epoca remota, per conoscere meglio le strabilianti costruzioni ricordate come le Sette Meraviglie del Mondo Antico. Voleremo dalla Turchia alla Grecia e alla Mesopotamia, fino all'Egitto, dove ancora risplende l'ultima grande Meraviglia, l'ultimo edificio rimasto tra quelli cantati da storici e poeti del passato: la Grande Piramide della Piana di Giza. Ma se il tempo è passato implacabile, sgretolando senza pietà statue, colonne e architravi, la memoria degli uomini ha invece reso eterni questi gioielli della storia. Tra templi maestosi, colossi di pietra, giardini pensili e costruzioni mai viste, ripercorreremo la vita delle Sette Meraviglie del Mondo Antico, fino ad arrivare a quelle del Mondo Moderno. Spero siate comodi: il viaggio sta per cominciare... Benvenuti a Voyager.

- **Chi ne ha tramandato la memoria?**
- **Le nuove Sette Meraviglie reggono il confronto con quelle antiche?**
- **È possibile intraprendere un viaggio alla scoperta delle Sette Meraviglie del Mondo Antico?**

In viaggio con l'astronave di Voyager

Sono stati i grandi autori del passato a far arrivare fino a noi il ricordo delle Sette Meraviglie del Mondo Antico. I loro sono i racconti di chi le costruzioni più belle e grandi dell'antichità le ha viste ma anche di chi ne ha solo sentito parlare. Una fama che ha superato monti e millenni e che merita di essere approfondita. Con un viaggio attraverso il tempo e lo spazio alla ricerca delle vere fondamenta del mito.

La storia

2

l mistero

3

Il viaggio

Colossvs Solis.

1 La storia

"In se magna ruunt"

(La grandezza precipita su se stessa)

MARCO ANNEO LUCANO
poeta latino, I secolo d.C.

Le Sette Meraviglie antiche

"Tutti hanno sentito parlare delle Sette Meraviglie del Mondo, ma pochi le hanno viste. Per farlo, bisogna andare all'estero, in Persia, attraversare il fiume Eufrate, viaggiare in Egitto, trascorrere del tempo tra gli Elii in Grecia, ad Alicarnasso in Caria, navigare verso Rodi e vedere Efeso in Ionia...".
(Filone di Bisanzio, *Le Sette Meraviglie del Mondo*, 225 a.C. ca)

È difficile per noi oggi immaginare le splendide costruzioni conosciute come le Sette Meraviglie del Mondo Antico.
Si tratta di **architetture ardite**, quasi sempre di dimensioni molto più grandi di quanto non si possa realizzare ai giorni nostri. **Colossi di pietra e bronzo** che sfidano le acque, **palazzi e templi** tanto maestosi da diventare leggendari e perfino la più grande e duratura delle opere dell'antichità: la Grande Piramide della Piana di Giza. Una realtà dai risvolti misteriosi ancora oggi, così come oscura è la storia delle altre Meraviglie.

Segreti tra le sabbie.
Difficile dire quanti millenni di storia siano nascosti esattamente tra le sabbie del deserto. Solo le piramidi di Giza sono a conoscenza di questo segreto che, però, custodiscono gelosamente. Nemmeno le popolazioni che abitano questi paesi ne hanno più memoria.

LE SETTE MERAVIGLIE DEL MONDO MODERNO

All'inizio del nuovo millennio, con una iniziativa organizzata da una società privata, si è stilato un **nuovo elenco** di quelle che sono state chiamate Le Sette Meraviglie del Mondo Moderno. In realtà di moderno c'è ben poco, perché si tratta comunque di **monumenti edificati nei secoli passati** che vedremo più avanti, nel capitolo dedicato al viaggio.
Va comunque sottolineato che, nonostante si tratti di grandiose realizzazioni dell'ingegno umano, non sono sicuramente in grado di reggere il confronto con le Sette Meraviglie del Mondo Antico.

LIVONIA
LITVANIA
POLONIA
FRAN
CIA
LOMBARDIA
ITALIA
MACE
DONIA
MOREA
CORSICA
SARDEGNA
SICILIA
CANDIA
MARE MAGIO
MARE
MEDITER RANEO
NATOLIA
5
2
3
6
7
4
DESERTO
GUADEMES DESERTO
TEOREGA DESERTO
AFRICA
GOGDEM SERTO
TARGA
GAVALATA
AGADI
TOMBOTV
CASSENA
GVANGARA
GAGO
MELLI
GVBER
ZEGZEG
BORNO
NVBIA

1 *I Giardini pensili di Babilonia*
2 *Il Mausoleo di Alicarnasso*
3 *Il Colosso di Rodi*
4 *La Grande Piramide di Giza*
5 *Il Tempio di Artemide a Efeso*
6 *La Statua di Zeus a Olimpia*
7 *Il Faro di Alessandria*

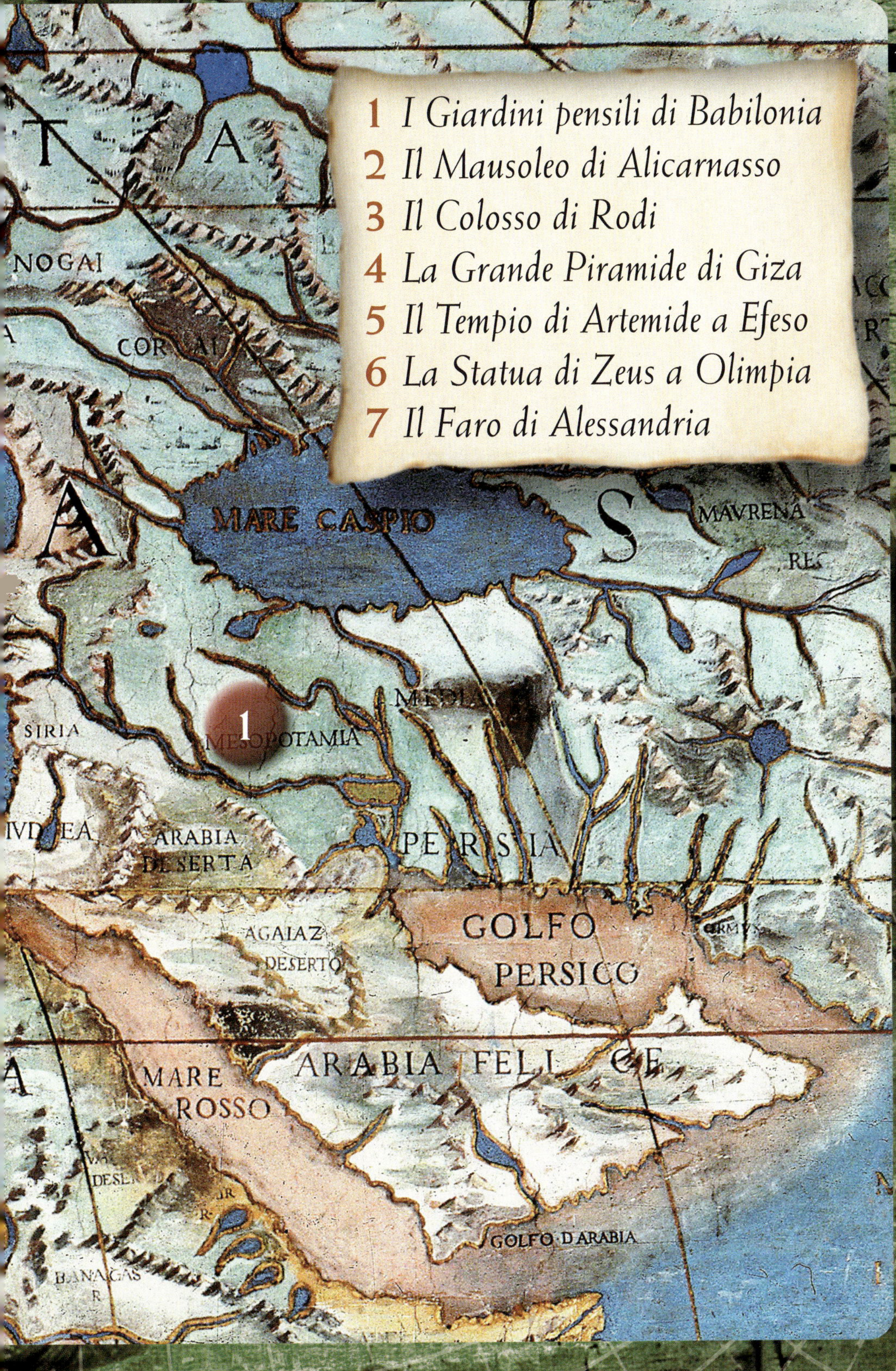

I GIARDINI PENSILI DI BABILONIA

Dei giardini da sogno

"Questa è un'opera di sontuosità reale e ciò che lascia a bocca aperta gli spettatori è che i campi coltivati stanno sospesi in alto sulle loro teste".
(Filone di Bisanzio, *Le Sette Meraviglie del Mondo*)

I Giardini pensili di Babilonia evocano **immagini esotiche** di un antico paese già di per sé ammantato di fascino e di mistero. Forse anche per questo gli autori classici che ce ne hanno tramandato la memoria e che li hanno inseriti nelle Sette Meraviglie del Mondo ne sono rimasti così tanto colpiti. Purtroppo oggi è praticamente impossibile, anche sulla base dei ritrovamenti archeologici, stabilire **se siano esistiti realmente** e quale poteva essere il loro reale aspetto.

Nel palazzo reale

I Giardini pensili di Babilonia sono forse **la più misteriosa** delle Sette Meraviglie del Mondo Antico perché, in realtà, **non se n'è mai trovata traccia**. Le uniche testimonianze scritte giunte sino a noi sono di epoca tarda e sono opera di autori greci o romani.

La città di Babilonia era la capitale del regno omonimo, situato in **quello che oggi è l'Iraq** e si trovava non lontano dall'odierna Baghdad. Diventata importante durante il regno di Hammurabi, vissuto fra il 1792 e il 1750 a.C., Babilonia sorgeva sulle rive del fiume Eufrate e raggiunse il suo apice durante la dinastia Caldea.

Secondo alcuni studi, basati anche sui ritrovamenti delle rovine dell'antica città, probabilmente i Giardini si trovavano nel lato nord-est del **palazzo del re Nabucodonosor II** (che regnò fra il 604 e il 562 a.C.), dove sono state portate alla luce alcune **strutture a volta**, sostenute da grandi mura, che avrebbero potuto sopportare il peso di quintali di terra.

Il Codice di Hammurabi. Il sovrano è in piedi di fronte a Shamash, dio della giustizia e, sotto, sono incise le leggi emanate durante il suo regno.

Sontuosità da leggenda. Una ricostruzione di fantasia dei Giardini pensili da una stampa ottocentesca. Sullo sfondo si nota la famosa Torre di Babele, una costruzione gigantesca, alta ben 90 metri, ma che al tempo dei Giardini in realtà non esisteva già più.

Le meraviglie di Babilonia

La presenza di alcuni pozzi parrebbe avvalorare questa ipotesi, anche se la struttura era forse un po' troppo distante dal fiume Eufrate per avere il **necessario approvvigionamento idrico**. Inoltre questa sistemazione, lontana dalle zone del palazzo abitate dalla corte, non sembrerebbe essere la più idonea, in quanto per raggiungerla si dovevano attraversare altri locali adibiti a magazzino.
Babilonia era **una città veramente imponente**, aveva palazzi, templi e monumenti smaltati d'azzurro con bassorilievi di altissimo pregio. Oggi ne sappiamo molto di più grazie anche al ritrovamento di cinque tavolette che la descrivono nei particolari. Era una città a pianta quadrata che si sviluppava su una superficie di oltre 850 ettari, **le sue mura**, che si estendevano per 18 kilometri ed erano formate da una doppia cinta, erano talmente impressionanti che venivano definite esse stesse **una delle Meraviglie** del Mondo.

Nabucodonosor II. **Gli scavi del suo palazzo reale e, sotto, un'incisione che ritrae il grande sovrano.**

Dentro la città

Delle otto porte d'accesso alla città, la più famosa era la Porta di Ishtar, situata a nord. Rivestita di terrecotte smaltate d'azzurro, era composta da due **alte torri merlate** e decorata con figure di animali: tori e draghi. Dalla porta si snodava la cosiddetta **Via delle Processioni**, una strada monumentale fiancheggiata da alte torri, anch'esse decorate con **terrecotte a rilievo** raffiguranti leoni, sacri alla dea Ishtar, a grandezza naturale.

Una prospettiva imponente. Ricostruzione della Via delle Processioni e della Porta di Ishtar nel modello conservato a Berlino, Staatliche Museen.

FOCUS

La Porta di Ishtar

Voluta da Nabucodonosor II per celebrare il dio della città di Babilonia Marduk, secondo gli storici la famosa porta monumentale di Ishtar, dea babilonese dell'amore e della guerra, probabilmente aveva soprattutto una funzione rituale: veniva aperta per le celebrazioni in onore di Marduk che si svolgevano annualmente. Figlio di Ea e della dea Damkina, Marduk divenne il dio supremo del pantheon babilonese prendendo il posto di Enlil.

Le spettacolari figure di animali (qui in basso) che ornavano la porta e la Via delle Processioni, e che dovevano essere più di 500 secondo gli archeologi, simboleggiavano gli dei. Secondo gli autori classici, attraverso questa porta passarono sia l'imperatore Dario che Alessandro Magno, quando entrarono a Babilonia.

Al centro della città, nel complesso dove si trovavano gli edifici religiosi, sorgeva la ziqqurat, una costruzione a gradoni di forma piramidale consacrata al dio Marduk. Ma, in realtà, tra tutti i documenti rinvenuti a Babilonia **i Giardini pensili non vengono mai nominati**. Forse perché erano parte integrante del palazzo imperiale? Oppure, come vogliono alcuni studiosi, **perché non si trovavano a Babilonia, ma a Ninive?** In questa vicina città, sede della corte di Assurbanipal, si hanno notizie di imponenti opere idriche e della presenza di grandi giardini. Secondo questa teoria, l'errore sarebbe dovuto a una confusione di luoghi e sovrani nei racconti classici di epoca più tarda.

Il mistero dei Giardini

Gli scavi compiuti nel sito archeologico di Babilonia si sono ovviamente fermati al momento dello scoppio della guerra: l'Iraq si trova purtroppo a dover fronteggiare una situazione interna troppo grave per dedicare attenzione alle rovine di un'antica civiltà. Pertanto resta tuttora un mistero sia **la reale esistenza** dei Giardini sia la loro eventuale ubicazione all'interno delle imponenti mura. Nell'antica Mesopotamia, quella di realizzare grandi e meravigliosi giardini reali era tuttavia un'usanza diffusa, per cui appare **tutt'altro che improbabile** che i giardini pensili di Babilonia non siano solo una leggenda.

Celebri monumenti. **Qui sopra, la ricostruzione, sempre nei musei di Berlino, della ziqqurat di Marduk al tempo del re Nabucodonosor II. Il tempio, che nella Bibbia è detto "Torre di Babele", fu più volte distrutto e ricostruito nei secoli. Sotto, il profilo merlato delle famose mura di Babilonia.**

IL MAUSOLEO DI ALICARNASSO

La sepoltura di un Re

"Il Mausoleo è il sepolcro costruito da Artemisia al marito Mausolo di Caria, che morì nel secondo anno della 107ma Olimpiade […] Si deve soprattutto a questi quattro artisti [Briasside, Timoteo, Scopa, Leocare] se il mausoleo è tra le sette meraviglie del mondo. […] La regina morì prima che lo finissero, ma i quattro non interruppero il lavoro finché non fu compiuto, perché capirono che sarebbe rimasto come monumento alla loro gloria e al loro talento."
(Plinio il Vecchio, *Naturalis Historia*)

Un edificio monumentale costruito per tumularvi le spoglie di un sovrano, che forse voleva **emulare i faraoni** del vicino Egitto. Danneggiato da un terremoto e distrutto dopo circa 2000 anni, come spesso capitava, per ricavarne materiale da costruzione, le pietre riutilizzate e le stupende **statue polverizzate** per farne calce, la memoria del Mausoleo continua comunque a vivere tra la realtà dell'archeologia e i misteri che tuttora lo ammantano di leggenda.

Una cava di materiali. L'area archeologica del Mausoleo mostra oggi solo i resti delle fondamenta del meraviglioso edificio. Quasi tutti i materiali furono prelevati nel XV secolo, per fortificare il Castello di San Pietro, qui in basso.

Un monumento mitologico

Il Mausoleo di Alicarnasso, costruito intorno al 350 a.C., era la tomba di **Mausolo, signore della Caria**. Si trattava di una tomba di dimensioni così notevoli che, da essa, è derivato il termine mausoleo, ad indicare una sepoltura monumentale.

L'edificio sorgeva ad Alicarnasso, l'odierna città turca di Bodrum, nelle vicinanze del porto e della moschea. Oggi, tutto quello che abbiamo del Mausoleo è uno **scavo rettangolare** nel terreno e i resti di alcune colonne, fregi e di pochi altri elementi strutturali, oltre alle descrizioni, peraltro a volte contraddittorie, degli autori classici.

Degno del re

Il sito fu scoperto intorno alla metà dell'Ottocento da Sir Charles Newton, nel corso di una spedizione che riportò alla luce anche altri edifici del Foro di Alicarnasso, ma solo dalla seconda metà del Novecento è iniziata l'opera di sgombero delle macerie accumulatesi nei millenni.

Le ricostruzioni più attendibili lo vogliono di pianta rettangolare, di 38 per 32 metri di lato. Era probabilmente costituito da **tre basamenti** posti l'uno sull'altro e leggermente rientranti.

La sommità del terzo basamento era sormontata da **36 colonne** alte circa 12 metri, che reggevano un **tetto a gradini** di forma piramidale, alto circa 7 metri.

In totale sembra che la copertura fosse costituita da 24 gradini, che terminavano con una piattaforma sulla quale era posta una quadriga, cioè **un carro trainato da quattro cavalli**, alto circa 6 metri e mezzo. L'altezza totale del mausoleo era di circa 50 metri.

Fregi e statue. Eracle contro un'Amazzone inginocchiata. Il frammento ornava la tomba di Mausolo, come anche il ritratto del re, qui sotto.

FOCUS

Mausolo

Re della Caria dal 377 al 353 a.C., Mausolo era un satrapo, ovvero una sorta di re governatore assoggettato al potere dell'impero di Persia. I satrapi rappresentavano il governo centrale riscuotendo le tasse e comandando l'esercito di stanza sul territorio.

Mausolo partecipò al movimento che tentava di svincolarsi dal potere imperiale per fondare una serie di stati autonomi, ma fu abbastanza abile da fare un passo indietro quando capì che i congiurati stavano andando incontro al fallimento. Anche per questo rimase in carica fino alla morte, avvenuta per motivi ignoti. Le cronache del tempo ci parlano di Mausolo come di un governatore giusto e illuminato, amante delle belle arti e molto affezionato alla sorella-moglie Artemisia che, affranta dalla perdita del marito, fece erigere il Mausoleo.

Distrutto dal tempo e dagli uomini

Sembra che il sepolcro di Mausolo sia rimasto pressoché **intatto fino al XIII secolo**, quando parte dell'edificio crollò, probabilmente a causa di un terremoto.
A distruggerlo completamente ci pensarono poi i **Cavalieri di San Giovanni** che, ai primi del Cinquecento, iniziarono i lavori di fortificazione del castello della città arrivando a profanare e saccheggiare la tomba stessa di Mausolo. Probabilmente si trattava di un **sarcofago di alabastro** dal coperchio a doppio spiovente, all'interno del quale c'erano i resti del sovrano avvolti in un sudario ricamato d'oro. La tomba doveva contenere anche un arredo funebre di grande valore, a giudicare dai piccoli resti rinvenuti nella camera sepolcrale. Ovviamente, del **tesoro del Mausoleo** di Alicarnasso, oggi non è rimasto nulla.
Fortunatamente però **non è andato perduto tutto**, alcune lastre finemente lavorate con episodi della mitologia e corse di carri, oltre ad alcune statue raffiguranti leoni e scene di caccia, sono infatti state inserite nelle mura del castello, mentre altri resti, sfuggiti allo "zelo" dei Cavalieri, sono stati poi rinvenuti sepolti dalle macerie.

Pochi resti, ma suggestivi. **Un frammento di un fregio del Mausoleo mostra un auriga dalla lunga veste, chino a tenere le briglie del suo carro.**

FOCUS

I Cavalieri Ospitalieri

I Cavalieri Ospitalieri di San Giovanni in Gerusalemme prendono il nome dallo "spedale" dei pellegrini cristiani, realizzato quando ancora, in Terrasanta, cristiani e musulmani non erano in guerra tra loro. Fondato intorno al 1050 e ufficialmente riconosciuto da papa Pasquale II nel 1113, il simbolo dell'Ordine era una croce con otto punte e il loro scopo era quello di prestare cure e assistenza ai pellegrini sofferenti che arrivavano a Gerusalemme dopo un viaggio a cui molti non sopravvivevano. Successivamente però, i Cavalieri Ospitalieri combatterono anche a fianco dei Templari nelle prime crociate. L'Ordine era composto da religiosi che avevano fatto voto di Povertà, Castità e Obbedienza. La loro bandiera era uno stendardo di colore rosso con una croce bianca e indossavano una tunica con sopra un mantello nero.

L'antica Alicarnasso

Oggi chiamata Bodrum, la città di Alicarnasso è da sempre un buon porto ben difeso, grazie alla posizione in cui si trova.

Fondata dai Dori, la città divenne subito prospera dal VI al III secolo a.C. grazie anche ai fiorenti commerci con l'Egitto. Passò dal dominio ateniese a quello dei persiani che insediarono Mausolo come loro satrapo, sotto la cui guida Alicarnasso conobbe il periodo di massimo splendore. Passò poi sotto il dominio di Alessandro Magno, della dinastia egiziana dei Tolomei, di Rodi e, infine, divenne provincia dell'impero romano.

Al crollo di quest'ultimo fu assoggettata al dominio degli imperatori bizantini e degli Arabi e, col passare dei secoli, perse gradualmente la sua importanza e il suo splendore. Qui sotto un panorama moderno del porto con, in primo piano, un angolo delle mura del castello.

Un monumento per il dio Sole

"Rodi è un'isola che si trova in alto mare, un tempo sommersa dalle acque. Il Sole la portò alla luce e chiese alle altre divinità di poterla considerare di sua proprietà. Qui si trovava un colosso delle dimensioni di 70 cubiti, di grande valore, in onore del Sole. [...] Chi guarda il colosso non crede con quale forza una sì grande quantità di metallo abbia potuto essere fusa e su di essa fatta assumere forma umana."

(Filone di Bisanzio, *Le Sette Meraviglie del Mondo*)

Una statua dalle dimensioni gigantesche per onorare il dio Sole che aveva **garantito la vittoria** agli abitanti di Rodi circondati da un esercito dotato di micidiali armi d'assedio. Questo era il Colosso di Rodi, una statua che, a causa dei continui terremoti che colpivano le isole dell'Egeo, rimase **in piedi per un tempo molto breve**, ma la cui memoria è giunta fino a noi proprio in quanto un'autentica meraviglia dell'ingegno umano.

L'isola del Sole

L'isola di Rodi si trova nel mare Egeo su quelle che, un tempo, erano le **principali rotte di navigazione** che andavano da Mileto, antica città dell'Asia Minore, verso l'Egitto e quelle che dalla Grecia andavano verso la Siria e Cipro. La città omonima, capitale dell'isola, venne fondata all'inizio del 400 a.C. e, circa un secolo dopo, per celebrare la vittoria nella battaglia del 304 a.C. contro il generale Demetrio I di Macedonia, gli abitanti vollero costruire **una statua dalle dimensioni colossali** che rappresentasse **il dio Helios**, il Sole, la divinità a cui gli dei dell'Olimpo, secondo le leggende, avevano donato la loro terra. Quando Demetrio arrivò a Rodi con il suo **esercito invincibile**, composto da oltre 60000 uomini trasportati su più di 200 navi da guerra con enormi macchine per l'assedio, si trovò a fronteggiare un esercito numericamente molto inferiore e male equipaggiato, ma con una tale determinazione e coraggio – pare che anche gli schiavi abbiano contribuito alla vittoria combattendo di loro spontanea volontà – che, impressionato, fu **costretto a ritirarsi** abbandonando gran parte del suo armamentario bellico.

In vista del mare aperto. In questa suggestiva immagine di Rodi, l'imboccatura del porto con, sullo sfondo, il profilo del castello del Gran Maestro dei Cavalieri Ospitalieri di San Giovanni, che qui avevano la loro sede principale. Alcuni studi indicherebbero proprio questo come il luogo dove sorgeva anticamente il Colosso.

FOCUS

Dove si trovava la statua?

Sull'esatta collocazione del Colosso, all'interno della città di Rodi, sono state fatte varie ipotesi. C'è chi ha teorizzato che si trovasse nelle vicinanze del tempio di Helios, che sorgeva ad ovest, nella cosiddetta "città bassa". In realtà quell'edificio dedicato al dio Sole era di dimensioni abbastanza contenute, così come lo spazio circostante, per cui sembra poco probabile che potesse ospitare anche il Colosso. La teoria che trova maggiori consensi resta tuttavia quella secondo la quale, molto probabilmente, la statua era posta su un solo lato del porto, quello dove ora sorge il Forte di San Nicola eretto dai Cavalieri Ospitalieri. Purtroppo la completa mancanza di qualsiasi resto non consente di trovare risposte definitive.

Coperto di bronzo

I finanziamenti per costruire il Colosso di Rodi furono in parte ricavati dalla vendita ai mercanti delle **macchine da guerra** di Demetrio. La statua, alta circa 32 metri, fu realizzata da Carete di Lindo, allievo del celebre scultore Lisippo.
Sembra **ci vollero ben dodici anni** per costruire il monumento la cui struttura, secondo quanto tramandatoci, era costituita da un'intelaiatura in ferro riempita con blocchi di pietra e interamente ricoperta da lastre di bronzo perfettamente unite tra di loro, come se si trattasse di un'unica fusione.

Un'autentica meraviglia.
Plinio il Vecchio, scrittore latino del I secolo d. C. descrive accuratamente il Colosso che ha modo di vedere quando era però già crollato. Racconta che anche a terra la gigantesca statua era uno spettacolo meraviglioso a vedersi e che era così grande che pochi uomini riuscivano ad abbracciarne un pollice.

Il crollo del gigante

Il Colosso rimase in piedi fino a quando, nel 226 a.C., **un terremoto lo fece cadere** in mare, spezzandolo all'altezza delle ginocchia. In un primo momento si decise di ricostruirlo ma, come d'abitudine, prima di farlo i Greci consultarono un oracolo, il cui responso fu negativo, perché il dio Helios si sarebbe adirato se la statua fosse stata ricostruita. Quindi, nonostante le offerte economiche che sarebbero arrivate anche dal sovrano Tolomeo d'Egitto, si decise di non rimetterla in piedi.

Il Colosso rimase quindi in mare per altri ottocento anni fino a che, nel 654 d.C., quando Rodi fu oggetto di razzie da parte degli Arabi, **le rovine della statua vennero fatte a pezzi** e vendute a un mercante ebreo di Emesa che, secondo le cronache del tempo, le portò in Siria utilizzando prima una flotta, poi una carovana composta da 900 cammelli.

Il dio del Sole. Alla guida del suo carro Helios fa splendere l'astro del giorno da una parte all'altra del cielo. Ha una corona di raggi intorno al capo, proprio come forse aveva anche il Colosso. Qui a destra, l'enorme statua, in un'incisione settecentesca.

La Statua della Libertà

Quando si parla del Colosso di Rodi il paragone, seppur banale, con la Statua della Libertà è inevitabile. Posta sul fiume Hudson all'ingresso della baia di New York, Lady Liberty, come viene comunemente chiamata, venne realizzata in occasione del centenario dell'Indipendenza americana, il 4 luglio 1876 ma, causa il protrarsi dei lavori, fu inaugurata solo nel 1886. Costruita su progetto dello scultore francese Frédéric Auguste Bartholdi, la struttura metallica è opera di Gustave Eiffel, a cui si deve l'omonima torre di Parigi.

Donata dalla Francia agli Stati Uniti, i 250.000 dollari necessari per la costruzione della statua vennero raccolti con una lotteria. Il monumento rimase quindi a Parigi in attesa che terminassero i lavori di costruzione del basamento, posto

Un moderno colosso.
Un'immagine aerea della Statua della Libertà, che si trova a Liberty Island, New York. Il monumento posa su di un basamento poligonale ed è visitabile dai turisti, che possono salire fino alla testa. Grazie alle piccole finestre che si trovano nella corona, si ha una fantastica vista di Manhattan. Nel braccio alzato a sostenere una torcia e nella corona raggiata si ritrova un'eco del Colosso di Rodi.

sull'isolotto di Bedloe, rinominato poi Liberty Island, per la costruzione del quale l'editore Joseph Pulitzer lanciò un'ulteriore sottoscrizione per raccogliere i 100.000 dollari necessari.

Svetta per 93 metri ma la statua vera e propria è alta 46 metri, dalla sommità del basamento sul quale è posta alla punta della fiaccola, e riproduce una figura femminile che indossa una toga e con una corona a sette raggi che simboleggiano i sette mari e i sette continenti. Nella mano destra tiene una torcia e nella sinistra un libro che riporta la data della Dichiarazione d'Indipendenza degli Stati Uniti, il 4 luglio 1776.

Nel 1924 è stata dichiarata dal governo americano Monumento Nazionale.

LA GRANDE PIRAMIDE DI GIZA

Il simbolo dell'Egitto

"Strumenti di ferro e armi che non arrugginivano, e vetro che si piegava senza rompersi, e strane formule magiche..."
Queste le leggende su quanto, costruttori antichissimi avrebbero lasciato nelle piramidi di Giza, storie la cui origine si perde nella notte dei tempi.

Fu il Califfo Al-Ma'mun, nel IX secolo d.C., il primo ad entrare nella Grande Piramide alla ricerca della **miniera di antica saggezza** e tecnologia che, a quanto si diceva, vi era celata.
Riuscì, non si sa come, a scavare un cunicolo e a trovare il condotto principale all'interno della piramide, ma già a quel tempo non vi era più nulla, **niente oggetti preziosi**, niente mummie, **nessuna iscrizione**. La Grande Piramide, già allora, si presentava com'è oggi: un grande mistero irrisolto.

Era veramente una tomba?

La Grande Piramide, con le altre due piramidi della Piana di Giza, è l'unica delle Sette Meraviglie del Mondo rimasta **pressoché intatta fino ai giorni nostri**. È la più grande costruzione artificiale conosciuta su tutta la Terra, la più misteriosa e, sicuramente, quella che più di tutte continua a far discutere.

In generale le teorie formulate intorno alle piramidi di Giza si possono raggruppare in due grandi categorie: quelle degli **egittologi "ufficiali"** e quelle degli egittologi "non ortodossi".

Che cosa dice l'egittologia ufficiale? Innanzitutto vuole che **le piramidi siano delle tombe** e un mezzo attraverso il quale il faraone defunto poteva viaggiare per **raggiungere l'aldilà**.

La costruzione delle tre piramidi viene normalmente attribuita ad altrettanti faraoni della IV dinastia, quella che va dal XXVII al XXVI secolo a.C.: Cheope avrebbe fatto edificare la piramide più grande intorno al 2500 a.C., Chefren, la mediana, e Micerino, la più piccola. Sicuramente gli antichi Egizi erano maestri nella realizzazione delle piramidi, anche se le loro **tecniche di costruzione** hanno avuto una strana evoluzione, in quanto non sembra esservi stato il necessario periodo di sviluppo.

Ritratti regali. **Sotto, il faraone Chefren con il dio Horus in forma di falco intorno al capo e, qui a destra Micerino fra la dea Hator e una divinità locale. In basso, la riproduzione di un dipinto egizio mostra la realizzazione dei mattoni con i quali si costruivano normalmente le piramidi fino a quelle della Piana di Giza.**

Il mistero della costruzione

Gli Egizi costruirono inizialmente piramidi, che erano abbastanza imprecise e di dimensioni ridotte. Poi, improvvisamente, eressero quelle di Giza con una **perfezione che noi oggi non riusciremmo quasi ad eguagliare**. Quindi, altrettanto repentinamente, persero quella capacità, tornando a realizzare le piramidi nella vecchia maniera, molte delle quali, oggi, sono ridotte a cumuli di macerie.

La **datazione ufficiale del complesso di Giza** si basa principalmente sui ritrovamenti avvenuti nei dintorni, in quelli che si pensa fossero gli alloggi dei costruttori e degli addetti. In realtà, il fatto che nei pressi delle piramidi vi siano questi resti databili a partire dal 3000 a.C., non esclude nel modo più assoluto che i grandi monumenti non fossero già al loro posto da chissà quanto tempo.

Testimonianze controverse. **L'unica immagine nota del faraone Cheope, al quale viene attribuita la Grande Piramide, è una piccolissima statuina oggi al Museo del Cairo. I predoni arabi che violarono la piramide nel IX secolo, la trovarono già del tutto spoglia.**

Costruzioni splendide ma enigmatiche

Ma che cosa dice invece l'**egittologia "non ortodossa"**? Tutte le teorie partono da un particolare che, guardando le piramidi, salta subito all'occhio: comunque le si osservi le piramidi, apparentemente, non hanno senso. Sono montagne di pietra. L'interno è pieno, vi si trovano solo qualche galleria e un paio di stanze nemmeno tanto grandi. Sono realizzate con blocchi di calcare e granito di dimensioni enormi, **impossibili da spostare e tagliati alla perfezione**, tanto che aderiscono perfettamente l'uno all'altro.

Non ci sono iscrizioni e geroglifici, normalmente presenti in tutti gli altri monumenti di sicura costruzione egizia e non sembrano delle tombe, perché manca completamente lo **spazio per il corredo funebre** necessario per il viaggio del faraone nell'aldilà. Non si capisce come sono state costruite e nemmeno **come è stata richiusa la via di accesso**. E, particolare più inquietante, l'uomo moderno, con tutta la sua tecnologia, non sarebbe in grado di costruirne di simili. Le teorie non ortodosse ci parlano quindi di misteri, alla ricerca dei quali andremo nella seconda parte di questo libro.

Pareti perfette. **Sembrano fatti adesso ed hanno caratteri di incredibile modernità i muri e i dettagli della Grande Piramide, come si vede dalla Camera della Regina (foto piccola) e dall'ingresso di quella del re (più in basso).**

Una montagna di pietra.
Le pareti della Grande Piramide sono talmente ripide che è davvero impressionante guardarla dal basso. I massi, poi, sono così grandi che arrampicarsi, oltre a essere severamente vietato, è anche molto pericoloso.

FOCUS

Alcuni numeri

La Grande Piramide, con i suoi 146 metri iniziali, è stata per millenni la costruzione più alta della Terra, ora è leggermente più bassa perché manca la punta. Le altre due piramidi misurano 143,5 e 65,5 metri. Solo per la Grande Piramide, oltre al granito, sono stati utilizzati 2.300.000 blocchi di calcare dal peso variabile tra i 6000 e i 15000 chili l'uno, disposti su 210 filari di blocchi dalla base alla punta, alti in media 70 cm. I lati, perfettamente orientati con i punti cardinali, misurano 230 metri e hanno un margine di errore pari allo 0,12% (che su una costruzione del genere matematicamente significa la perfezione). Le pareti esterne della piramide hanno una inclinazione di circa 52°: inclinazione giusta per essere contenuta in una semisfera. Inizialmente le piramidi erano ricoperte da lastre di calcare bianco e la punta era rivestita d'oro.

Supponendo turni di lavoro di 10 ore al giorno per 365 giorni all'anno, per terminare l'opera in 20 anni, come generalmente si teorizza, si sarebbe dovuto mettere in opera circa un blocco ogni due minuti.

IL TEMPIO DI ARTEMIDE A EFESO

Degno di una grande dea

"Il tempio di Artemide a Efeso è la sola casa degli dei. Chiunque lo guardi sarà convinto che sia avvenuto un cambio di luogo: che il celestiale mondo dell'immortalità sia stato trasferito sulla terra, poiché i Giganti e i figli di Aloleo che tentarono di ascendere ai cieli fecero un balzo dalle montagne e costruirono non un tempio ma l'Olimpo".
(Filone di Bisanzio,
Le Sette Meraviglie del Mondo)

Una vera e propria "**foresta di colonne**" per questo tempio dedicato ad Artemide e inserito a ragione tra le Sette Meraviglie del Mondo. Un edificio alla cui costruzione dovette **partecipare direttamente la dea** alla quale era dedicato. Questo è quanto racconta la leggenda e, dalle descrizioni che gli autori classici ci hanno tramandato, risulta veramente difficile capire come abbiano potuto gli uomini dell'antica Grecia edificare una tale magnificenza.

Artemide Efesia. Il sito dove sorgeva il Tempio mostra oggi solo pochi resti. Sempre nel santuario venne ritrovata però questa statua di Artemide che riproduce l'immagine venerata nel Tempio. La dea è caratterizzata da numerose mammelle che per alcuni sarebbero invece offerte votive.

Voluto dal popolo

Situato nella città di Efeso, nell'odierna Turchia, il tempio dedicato ad Artemide – Diana, per i Romani – vergine cacciatrice, signora degli animali, qui onorata come dea della fecondità della natura, era un insieme di più edifici la cui **costruzione durò per oltre 120 anni**. Distrutto più volte, prima nel 356 a.C. a causa di un incendio doloso e poi nel 262 d.C. per mano dei Goti, oggi non ne resta che il pavimento, parte della cella dedicata alla dea, che è il corpo centrale di tutto il complesso, e solo tre colonne: ovvero **di tanta magnificenza praticamente nulla**. Dopo l'incendio, Alessandro Magno si offrì di contribuire alle spese per la ricostruzione del tempio, in cambio di una targa che ricordasse il suo gesto. La tradizione vuole che i cittadini di Efeso rinunciassero gentilmente con una particolare formula che, molto delicatamente, mise il grande sovrano in condizione di non poter ribattere: essi, infatti, dissero di non ritenere giusto che «un dio facesse un dono ad un altro dio». I fondi per la ricostruzione del tempio vennero perciò reperiti tra gli abitanti della città.

Il tempio dalle 100 colonne

Il sito ove sorgeva questa autentica meraviglia del mondo classico venne ritrovato nella seconda metà dell'Ottocento dall'inglese John Turtle Wood, nel corso di una spedizione in parte finanziata dal British Museum. Gli scavi furono poi portati avanti dall'archeologo David G. Hogarth. Il tempio, realizzato in marmo proveniente dall'Anatolia, poggiava su di un **basamento rettangolare** che misurava circa 120 per 75 metri, interamente cinto da una **scalinata di marmo**.

Secondo la descrizione che ci ha tramandato Plinio il Vecchio, l'edificio centrale era circondato da due file di colonne alte 20 metri, che diventavano tre nella parte frontale, per un totale di **oltre 100 pilastri tutti sovrastati da elaborati capitelli** e alcuni dei quali istoriati nella metà inferiore.

L'edificio era poi sormontato da un tetto a due spioventi ricoperto con tegole, probabilmente anch'esse di marmo. Secondo alcuni studiosi, **la parte centrale era a cielo aperto**, in corrispondenza della cella dedicata al culto della dea.

Immagini dal passato. **Un'incisione ottocentesca ricostruisce idealmente l'imponente aspetto del Tempio. Testimonianza antica è invece questa moneta romana del 117 d. C. che mostra la dea di Efeso al centro del suo santuario.**

Il cuore di Efeso

L'intero complesso era riccamente decorato con fregi che riproducevano **storie mitologiche** e scene di processioni, gare e banchetti dedicati alla dea. Vi erano poi immagini delle **favolose Amazzoni**. Nel frontone del tempio, anch'esso decorato con bassorilievi, vi era una **finestra dalla quale Artemide**, o meglio una raffigurazione della dea, **poteva "affacciarsi"** per essere vista dai fedeli sottostanti, come si usava a quei tempi.

Efeso era una città particolarmente fiorente e il Tempio di Artemide, conosciuto in tutto il mondo classico, non conobbe quasi mai periodi di declino. Nell'antichità i templi non erano solo luoghi di culto esclusivamente dedicati alle cerimonie religiose, ma rappresentavano uno spazio pubblico di ritrovo: di fronte vi si tenevano numerose **celebrazioni e manifestazioni**, dagli spettacoli ai mercati e il Tempio di Artemide non costituiva certo un'eccezione.

Al centro della vita cittadina. Il tempio era un luogo sempre vivo all'interno della città greca: vi si svolgevano infatti diverse cerimonie pubbliche.

FOCUS

L'antica città di Efeso

Situata sulla costa del mar Egeo nell'Asia Minore, in quella che era la Lidia, secondo una leggenda i primi insediamenti da cui si sviluppò Efeso risalgono a tempi antichissimi e sarebbero state le Amazzoni a fondare la città.
Al primo nucleo, probabilmente di origine caria, sarebbero subentrati gli Ioni a partire dall'XI secolo a.C. Situata al centro delle principali vie di comunicazione, Efeso conobbe una grande espansione e una notevole ricchezza.
In seguito alle numerose guerre vinte sulle città vicine, al governo dell'aristocrazia cittadina subentrò la tirannia fino a quando, verso la metà del VI secolo a.C., il potere passò nelle mani di Creso, a cui si deve il tempio di Artemide. In seguito il controllo della città passò di mano numerose volte, fino a diventare una provincia romana nel I secolo a.C.
Con l'avvento del Cristianesimo Efeso mantenne prosperità e ricchezza ma, nonostante vi abbia predicato per due anni, lo stesso San Paolo non riuscì comunque a sradicare completamente il culto di Artemide. Nel 263 d.C. la città cadde nelle mani dei Goti, rimanendo comunque fiorente fino al V secolo quando, con la chiusura definitiva del tempio, iniziò un lento quanto inesorabile declino. Alla fine del XVII secolo tutto quello che restava era un misero villaggio di pescatori.

Imponente ancor oggi.
Nel centro dell'antica città sorgeva la grandiosa biblioteca di Celso che conteneva più di 12000 papiri.

All'altezza del padre degli dei

"La statua d'avorio è di tale grandezza che, sebbene il tempio sia grandissimo, pare che l'artista abbia tenuto poco conto delle proporzioni. Ha infatti rappresentato il dio seduto, che quasi tocca il soffitto con la testa, tanto da dare l'impressione che se si alza in piedi scoperchia il tempio."
(Strabone, *Geografia*)

A Zeus, signore degli dei, gli antichi Greci dedicarono non solo questa maestosa **statua realizzata in oro e avorio**, ma anche le **competizioni sportive** divenute famose come Olimpiadi. Una tradizione durata per circa 1000 anni e poi soppressa perché legata a un culto pagano e quindi rinata nel 1896, di nuovo ad Atene.
Nonostante la statua di Zeus a Olimpia, così come il culto a lui dedicato, non esistano più, proprio il fatto che le Olimpiadi si disputino ancora oggi fanno di Zeus una figura veramente immortale.
La Statua di Zeus, signore del pantheon greco, fu realizzata nel 433 a.C. dal **celebre scultore ateniese Fidia** per celebrare la battaglia di Platea, nella quale le truppe ateniesi erano uscite vittoriose su quelle persiane comandate dal re Serse.

Documenti del passato. Un'immagine simile a quella dello Zeus di Olimpia si ritrova su numerose monete greche. Qui in basso, resti delle statue poste su uno dei frontoni del tempio.

Un enorme gioiello d'oro e d'avorio

Situata a Olimpia, nel tempio consacrato allo stesso Zeus, la statua secondo le ricostruzioni doveva essere così **gigantesca rispetto all'edificio** che la custodiva che il dio sembrava quasi soffocato dallo spazio angusto. Ma questa sistemazione doveva però dare ai pellegrini un senso di **eccezionale imponenza** della figura divina. Come abitudine dei Greci, la statua di Zeus venne anche raffigurata su molte monete, e sono numerosi i testi che ne parlano e che la descrivono. Per questi motivi non sussistono dubbi sul fatto che sia realmente esistita.

La figura rappresentava Zeus seduto su di un trono. Nella mano sinistra il dio teneva uno **scettro con in cima un'aquila**, simbolo della divinità, mentre nella mano destra teneva una **figura femminile alata** di dimensioni umane, rappresentante la vittoria. Il monumento era interamente **ricoperto d'oro e di avorio**, mentre il trono era decorato con **ebano e pietre preziose** e riccamente istoriato con figure allegoriche. Le vesti, i calzari e la chioma erano le parti in oro, quelle in avorio la pelle nuda del dio.

Frutto dell'arte di Fidia

Secondo gli studiosi il monumento superava i **12 metri di altezza** e aveva una base di 6 metri per 10.

Con il passare degli anni, probabilmente a causa di problemi strutturali del trono che doveva reggere l'enorme peso della statua, sembra furono aggiunte quattro colonne laterali.

Fidia usava un sistema davvero ingegnoso per modellare i **sottili fogli d'avorio** che ricoprivano la statua: li ammorbidiva con dell'aceto, un pezzo alla volta, per poi unirli tra loro, celando le linee di giunzione, nel ricoprire la figura del dio che, in questo modo, **sembrava ricavato da un unico enorme blocco** di avorio, ovviamente impossibile da reperire in quanto l'avorio si ricava unicamente dalle zanne degli elefanti.

Imponenti rovine.
I primi scavi per riportare alla luce i resti di Olimpia vennero effettuati nel 1829 ad opera di archeologi francesi. La città era composta da numerosi edifici, palestre e templi, il più famoso dei quali era appunto il santuario che custodiva la statua di Zeus.
In basso la pianta del tempio.

FOCUS

Olimpia, la città dei giochi

Olimpia era la località sede delle antiche Olimpiadi, che ne presero il nome e che si svolsero dal 776 a. C. al 392 d.C., per un totale di 292 edizioni dei giochi. I partecipanti alle competizioni dovevano essere tutti maschi e di origine greca, soprattutto perché le gare avevano una forte valenza religiosa, poiché i giochi, che duravano alcuni giorni, venivano celebrati proprio in onore di Zeus. Gli atleti, che disputavano in tutto venti gare in discipline diverse, arrivavano quindi da ogni parte della Grecia, anche da città rivali tra loro. Proprio per questo, nel periodo in cui si svolgevano i giochi, ogni ostilità doveva cessare. Le Olimpiadi ebbero il loro apice di notorietà nel VI e V secolo a.C. poi, con l'avanzare della potenza di Roma, cominciarono a perdere di importanza. Infine, con l'avvento della religione cristiana e in quanto disputate in onore di un dio pagano, vennero soppresse dall'imperatore Teodosio I, dopo ben mille anni dalla loro prima edizione.

Il significato di un nome.
Sullo sfondo, i resti dello stadio che faceva parte del santuario di Olimpia. Vi si svolgevano le gare di corsa: lo "stadio" che corrispondeva alla misura di 600 piedi (192 metri e 32 centimetri), il doppio stadio, la corsa lunga (6 stadi) e la corsa in armi, con elmo e scudo.

IL FARO DI ALESSANDRIA

Una spettacolare luce sul mare

"...Vi è un'isola nel mare molto ondoso
davanti all'Egitto, la chiamano Faro [...]
In essa vi è un porto con ottimi approdi, donde spingono in mare
le navi librate, dopoché hanno attinto acqua scura".
(Omero, *Odissea*)

Già Omero ci parla di quest'isola posta davanti all'insediamento che poi divenne la grande Alessandria d'Egitto. Città monumentale della quale poco, oltre alla sua memoria, è arrivato ai giorni nostri, forse proprio il grande Faro divenuto una delle Sette Meraviglie del Mondo è la costruzione sopravvissuta più a lungo.
Era un edificio imponente che **solo la forza della natura**, con i suoi terremoti, **è riuscita a far crollare**. Perché l'uomo, la cui sciocca furia distrusse Alessandria con la sua grande biblioteca, non era stato in grado neppure di scalfirlo.

Alessandria. Oggi è una città cosmopolita. Di recente è stata costruita una moderna biblioteca, che può raccogliere cinque milioni di libri, estesa su un'area di 80.000 metri quadri. Ospita, tra l'altro, un laboratorio per il restauro di antichi testi. Qui sotto, il castello di Kait Bey sorto a fine Quattrocento sul sito del Faro.

Possente tra le onde

Il Faro di Alessandria è, a parte la Grande Piramide, quella tra le Sette Meraviglie sopravvissuta più a lungo. Costruito intorno al 300 a.C., rimase **funzionante per ben 1600 anni**, fino a quando una serie di terremoti, avvenuti all'inizio del Trecento, lo fecero crollare. I resti furono in parte utilizzati per la **costruzione di un forte** e in parte giacciono ancora in fondo al mare in quanto, nel corso dei secoli, la costa si è abbassata favorendo l'avanzata delle acque. L'edificio si trovava sull'**isolotto di Pharos**, prospiciente il porto di Alessandria d'Egitto, e da qui prese il nome da cui **deriva la parola "faro"**. L'isola venne poi unita alla terraferma da una diga lunga oltre un kilometro mentre, intorno all'edificio che costituiva il Faro vero e proprio, venne realizzata una muraglia lunga quasi 350 metri che aveva la funzione di proteggerlo dalle mareggiate.

Messaggi per i naviganti.
Un faro riprodotto su un pavimento a mosaico di un edificio termale di Ostia Antica. In cima si vede un fuoco che arde per segnalare l'approdo alle navi.

FOCUS

Un segnale nella notte

Quello di Alessandria d'Egitto non era certo l'unico faro esistente e nemmeno il più antico, ma sicuramente era il più imponente. In genere i fari dell'epoca erano costituiti da torri non troppo alte sulle quali ardeva un grande fuoco: già nel 1000 a.C. sarebbe stata costruita una torre con funzioni di faro a Capo Sigeo, nell'Ellesponto, mentre segnalazioni notturne si usavano già all'ingresso di alcuni porti del Pireo, in Grecia.
Altri fari si trovavano ad Ostia, sullo stretto di Messina, sulla Manica e sulle coste francesi e spagnole. La famosa "Lanterna", divenuta simbolo di Genova, fu invece costruita nel 1139.

Un edificio imponente e complesso

Alto oltre 100 metri, il Faro di Alessandria era **costituito da tre parti**. In quella inferiore, a pianta quadrata, trovavano alloggio gli operai incaricati di mantenerlo in funzione e una **guarnigione armata**. La parte mediana era a pianta ottagonale, mentre quella superiore era di forma cilindrica e in essa era sistemato il **meccanismo illuminante**.

In cima, inizialmente, era posta **una statua** rappresentante Zeus, che in seguito venne sostituita con quella del dio Helios. L'intero edificio posava inoltre su una **base quadrata alta almeno 10 metri**, mentre il troncone più basso misurava all'incirca 57 metri, quello di mezzo circa 27 metri, quello superiore circa 8 metri.

Infine, la statua posta sulla sommità doveva avere un'altezza di almeno 5 metri.

FOCUS

La città di Alessandro

Alessandro Magno divenne sovrano d'Egitto nel 332 a.C., quando il satrapo persiano che governava quelle terre, avendo l'esercito ormai decimato, decise di accogliere il grande condottiero come un liberatore evitando, in questo modo, una nuova guerra che avrebbe sicuramente perso.

Alessandro decise di costruire una città che, prima di molte altre che seguirono, portasse il suo nome. Nonostante il condottiero morisse pochi anni dopo, nel corso di nuove campagne di conquista, la costruzione della città continuò grazie al faraone Tolomeo, sotto il cui regno assunse dimensioni e magnificenza tali da essere ritenuta seconda solo a Roma. Altrettanto famosa è la biblioteca che sorgeva nel quartiere greco, insieme all'università. Era la più grande raccolta di manoscritti del mondo antico e, nonostante sia stata data alle fiamme due volte, la sua memoria resta viva tuttora mentre, fortunatamente, mani previdenti hanno trafugato scritti preziosi i cui contenuti, pur in maniera anonima, hanno superato i secoli giungendo fino a noi.

Un aiuto per la navigazione

L'interno dell'edificio era costituito da una serie di **locali con il soffitto a volta** collegati tra loro, mentre una **rampa di scale**, talmente larga che ci potevano passare due animali, consentiva il trasporto dei materiali combustibili fino alla sommità della struttura. Secondo alcune ricostruzioni, nella parte centrale della torre erano stati realizzati addirittura dei montacarichi. Le cronache dell'epoca dicono che era **visibile fino a 48 kilometri** di distanza. La sua costruzione si rese necessaria per garantire sicurezza alle navi che entravano e uscivano dal porto di Alessandria, allora molto trafficato, e anche perché, trovandosi la città in una zona di coste pianeggianti, quindi totalmente priva di punti di riferimento, il porto era difficilmente individuabile dal largo.

Fantasia e realtà. **Nella pagina precedente, una ricostruzione ideale del Faro di Alessandria. Una memoria più realistica proviene invece dalle antiche monete romane, come quelle qui in basso.**

Le immagini del mito

Del Faro di Alessandria abbiamo anche qualche riscontro oggettivo, infatti è stato spesso **rappresentato su monete** dell'epoca, sarcofagi e mosaici.

Le riproduzioni sulle monete romane ci danno un'idea dell'edificio come doveva essere tra il I e il II secolo d.C. Sulle monete più antiche il faro è raffigurato a due piani, mentre quelle di epoca più tarda riportano un edificio a tre piani: in ogni caso tutte sono successive alle descrizioni degli autori classici.

Dentro il Faro. **Questo disegno tedesco dei primi del Novecento mostra un'ipotesi ricostruttiva dell'interno del Faro. Sotto al livello del terreno vi era anche una cisterna per l'acqua.**

In viaggio con l'astronave di Voyager

Ora che non abbiamo più le Sette Meraviglie del Mondo Antico, è difficile scindere storia e fantasia.
L'unica di esse della quale sembrerebbe esser facile parlare è la Grande Piramide della Piana di Giza che, ironia della sorte, è forse la più enigmatica delle antiche costruzioni. Ma perché popolazioni ed artisti di epoche lontane hanno sentito l'esigenza di edificare costruzioni tanto maestose? E perché si dice che siano stati aiutati dagli stessi dei?

1

La storia

Il mistero

Il viaggio

"Le mani mortali non hanno mai fatto nulla d'immortale.
Le Sette famose Meraviglie, un giorno o l'altro si vedranno rase al suolo... Nulla è rimasto ad oggi, tranne la Grande Piramide..."

Seneca
filosofo, I secolo d.C.

Un paradiso per una regina

Il mistero che aleggia intorno ai Giardini pensili di Babilonia è, forse, in parte dovuto anche ai nomi dei re che hanno governato quel regno, **personaggi dai nomi esotici** che evocano paesi e città da fiaba. Uno tra tutti è Hammurabi, autore del più antico codice di leggi conosciuto, che porta il suo nome. **Nabucodonosor II**, invece, è il sovrano babilonese che, secondo la leggenda, ordinò la costruzione dei Giardini pensili. E lo fece per amore della sua sposa, la **regina Amytis**, originaria della vicina Media, paese che oggi possiamo

identificare all'incirca con l'Iran e che all'epoca era molto più verdeggiante di quanto non sia ai nostri giorni.
La regina Amytis aveva **nostalgia del paesaggio della sua terra** di origine e delle fragranze che fiori e piante diffondevano nell'aria. Come rare volte accadeva, a un matrimonio voluto per convenienza di stato era subentrato l'amore. E talmente forte era il sentimento provato da Nabucodonosor nei confronti di Amytis che, per non vederla triste, il re ordinò la costruzione di una serie di giardini sopraelevati che avrebbero dovuto essere una vera e propria **meraviglia agli occhi della moglie**. Questi favolosi giardini assumono un significato particolare se si tiene presente che, nella cultura mesopotamica, la parola giardino è spesso **sinonimo di paradiso**.

Armonie da favola. I Giardini di Babilonia dovevano rappresentare l'ideale del lusso e della bellezza e rimasero tali anche per la fantasia dei posteri. In questa incisione del XIX secolo, l'autore li raffigura secondo il suo gusto, con aiuole e fontane come in un giardino moderno.

Celebrata nei secoli. La città di Babilonia raffigurata con le sue alte mura in un libro tedesco del Quattrocento.

Alta ingegneria

Se la leggenda ha un fondo di verità, come quasi tutte le leggende hanno, allora possiamo dire che Nabucodonosor andò oltre il suo intento; i Giardini pensili di Babilonia sono infatti diventati un dono non solo per la sua sposa, la regina Amytis, ma anche per il suo popolo, tramandandone la gloria nei millenni a venire.

Vera e propria opera di ingegneria, i Giardini pensili di Babilonia, secondo gli autori classici, erano **realizzati su enormi terrazzamenti** artificiali a forma di anfiteatro, quindi su più livelli. Per evitare infiltrazioni e cadute di terreno, i lastrici erano cosparsi di bitume e resine. L'irrigazione rappresentava anch'essa un problema non da poco. Prelevare l'**acqua dal vicino fiume Eufrate** e portarla in alto in grandi quantità, richiedeva notevoli opere di ingegneria idraulica.

FOCUS

I giardini nell'antichità

Ai giardini nell'antichità veniva data molta importanza, tanto da essere vere e proprie opere di architettura studiate nei minimi particolari.

Nella soleggiata Grecia il giardino era composto soprattutto da piante di alto fusto, in grado di fornire ombra. Nella Roma antica, nelle ville dei nobili, dagli orti iniziali si passò a giardini veri e propri, con arbusti sempreverdi che venivano potati dando loro forme particolari, di animali o di figure geometriche. Ma forse i giardini più affascinanti sono quelli islamici, nei quali anche l'acqua, che scorreva in vasche e canali, aveva un ruolo predominante. Nel lontano Oriente, i giardini dei nobili cinesi erano popolati da uccelli e pesci e, talvolta, erano veri e propri zoo. Non avevano un aspetto geometrico, come i giardini occidentali, ma si cercava di creare ambienti molto curati che rispecchiassero il più possibile le forme naturali.

In Giappone, invece, venivano creati giardini in miniatura che erano delle vere e proprie opere d'arte. Nell'illustrazione a fianco, un giardino ottocentesco con fontane e giochi d'acqua.

Uno splendido orto botanico

Secondo alcuni studiosi, i Babilonesi avevano costruito delle **grandi ruote verticali** provviste di secchi e azionate dalla forza umana. In questo modo l'acqua veniva portata, passando da una ruota all'altra, ad altezze sempre maggiori, fino alla sommità dell'ultimo terrazzamento, dove si trovavano le cisterne di raccolta. Sempre secondo i racconti che ci sono pervenuti, i Giardini erano un vero e proprio orto botanico ricco di fiori, agrumi, ortaggi, alberi e **piante di ogni genere**, provenienti anche da luoghi molto lontani. Amytis non fu l'unica a goderne, infatti la leggenda vuole che la **regina assira Semiramide** amasse essere **circondata da rose** fresche e, proprio nei Giardini di Babilonia, poteva trovarle tutti i giorni. Semiramide è stata una leggendaria sovrana nata dall'unione di un uomo, Caistro, con la dea Derceto. Secondo alcune fonti greche, la **costruzione dei Giardini** viene attribuita proprio a lei, piuttosto che a Nabucodonosor. Tra gli autori che lo affermano, e che si possono considerare più attendibili, ci sono Erodoto di Alicarnasso e il sacerdote babilonese Beroso. Di questa regina parla anche Dante che, nella *Divina Commedia*, la inserisce nell'Inferno in quanto, a causa di un presunto incesto con il figlio, la sua figura divenne sinonimo di lussuria e depravazione.

Simbologie. Nell'antichità il giardino ebbe sempre un posto di rilievo. La vegetazione rigogliosa è infatti un simbolo di prosperità. Qui sopra, un particolare con una palma dal palazzo reale di Ninive (VII secolo a.C).

IL MAUSOLEO DI ALICARNASSO

Un simbolo d'amore

Secondo i racconti degli autori classici, il mausoleo di Alicarnasso fu costruito per volere di **Artemisia**, sorella-sposa di **Mausolo**, re della Caria. Quando, nel 353 a.C., Mausolo morì, la regina volle edificare un monumento che avrebbe **tramandato ai posteri la memoria dell'amato sposo**. Il suo dolore era, purtroppo, talmente inconsolabile che ella non si rassegnò a vivere senza Mausolo: sembra che addirittura bevesse ogni giorno un infuso preparato con le ceneri del marito e, dopo soli due anni, **morì anche lei** consumata dal dolore.
Quindi, prendendo per vera questa leggenda, il monumento funebre sarebbe stato edificato in soli due anni, dal 353 al 351 a.C. In realtà ciò sembra abbastanza improbabile, in quanto 24 mesi non erano sicuramente sufficienti per progettare e costruire un monumento del genere.

Il ritratto del re. **Due grandi statue, fra altri reperti, sono sopravvissute, a testimoniare lo splendore del Mausoleo. Qui in basso, quella del re Mausolo, posta alla sommità dell'edificio.**

Sinonimo di grandezza.
La fama dello splendore dell'edificio voluto da Artemisia per celebrare il suo amato sposo defunto attraversò i secoli, e gli artisti ne diedero diverse rappresentazioni. Qui, in una incisione colorata del Cinquecento, la regina assiste al completamento dei lavori del Mausoleo, accolta da un architetto che tiene in mano un compasso e una squadra.

Architetti e scultori d'eccezione

Più probabilmente i lavori vennero iniziati quando **Mausolo era ancora in vita**, anche se, sempre secondo i racconti dei contemporanei, nonostante amasse vivere nel lusso sfrenato, il satrapo non sarebbe stato una persona così ambiziosa da volere essere tumulato in un edificio del genere.

Comunque siano andate le cose, il progetto venne affidato agli architetti Pitide e Satiro che a loro volta, per la decorazione scultorea, si avvalsero di **quattro artisti**, ognuno dei quali era incaricato della realizzazione di un singolo lato del mausoleo: Scopa aveva il lato est, Briasside il lato nord, Timoteo quello a sud e Leocare quello a ovest.

Il mausoleo era **decorato con fregi e bassorilievi** che rappresentavano scene di battaglia, di caccia e di gare tra carri, presenti su tutti i quattro lati della costruzione. Sui basamenti e tra le colonne erano poi alloggiate **una serie di statue**, alcune delle quali di dimensioni ragguardevoli, tanto che si è ancora indecisi se tali statue fossero davvero parte integrante del Mausoleo o se, piuttosto, non si trovassero nel recinto. Tra tutte le statue di cui sono stati rinvenuti i frammenti, due erano **veramente colossali**, una figura maschile e una femminile, alte circa 3 metri.

Magnifici capolavori.
Il busto di uno dei cavalli del cocchio che svettava sulla cima al Mausoleo: era lungo più di 4 metri. A fianco, uno dei leoni del basamento.

Anche se non se ne ha la certezza, è impossibile non supporre si trattasse di Mausolo e della sposa Artemisia. Sul basamento del tetto piramidale, lungo tutto il perimetro, c'erano poi **sculture raffiguranti dei leoni** che, probabilmente, si guardavano l'uno con l'altro. Infine, alla guida della **quadriga** posta sulla cima del mausoleo, si trovava probabilmente di nuovo la raffigurazione di Mausolo.

Un monumento policromo

Sull'interno del monumento non possiamo che fare supposizioni. I racconti tramandati sono infatti estremamente vaghi sia sulla presenza sia sul numero delle stanze, così come non sappiamo se erano state previste vie d'accesso oppure, come spesso accadeva, tutto era stato murato, anche per evitare possibili saccheggi nel corso dei secoli.

Oggi, tutto quello che resta del corpo centrale del Mausoleo di Alicarnasso, sono alcuni **blocchi di pietra vulcanica** di colore verdastro. Invece, del rivestimento esterno, grazie ai ritrovamenti, sappiamo che era costituito da **lastre di marmo bianco** e di **calcare di colore azzurro scuro**. L'accostamento tra questi tre diversi materiali doveva creare una policromia veramente notevole.

Le favolose donne guerriere. **Sopra, un frammento di un fregio del Mausoleo, con una scena di battaglia fra Greci e Amazzoni. Un racconto mitologico rappresentato spesso, come testimonia il sarcofago qui in basso, del IV secolo a.C.**

Il gigante dai tratti incerti

Il Colosso di Rodi ha continuato a stupire i marinai che si avvicinavano all'isola per molti secoli. Secondo una leggenda riportata da un viaggiatore italiano del Quattrocento, che a sua volta si rifaceva a racconti popolari, la statua che raffigurava **il dio Helios** teneva le gambe divaricate, **con i piedi che poggiavano sui due moli** che delimitavano l'accesso al porto. Il gigantesco dio del Sole era talmente alto che le navi entravano e uscivano dalla rada passandogli sotto, in mezzo alle gambe della statua che, probabilmente, fungeva anche da faro.

Presenza immortale. **Il porto di Rodi, in un dipinto del XVII secolo, con l'arrivo di un moderno veliero e con i personaggi vestiti secondo il costume dell'epoca. Sullo sfondo, però, appare il Colosso ancora in piedi, un elemento fantastico che testimonia la sua fama leggendaria.**

Nonostante queste descrizioni decisamente suggestive, in realtà oggi è ormai opinione diffusa che, per motivi sia tecnici sia statici, questa ricostruzione del Colosso sia **abbastanza improbabile**. Inoltre, secondo alcuni studi, la distanza tra i due piedi della statua sarebbe dovuta essere di **circa 400 metri**, cosa decisamente impossibile, perché tale era la distanza tra i due moli. Si è invece più propensi a credere si trattasse di una statua in posizione eretta, ma con le gambe unite.
Ciò, in ogni caso, non sminuisce la portata dell'opera.

Costruito con perizia

Un'altra controindicazione al fatto che la statua si trovasse **all'ingresso del porto** è che, se ciò fosse vero, dopo il terremoto che la fece crollare i resti avrebbero ostacolato la navigazione delle imbarcazioni che entravano e uscivano dalla rada. Le cronache più attendibili giunte fino a noi sono quelle di Strabone, Plinio il Vecchio e Filone di Bisanzio. Quest'ultimo ci fornisce anche qualche indicazione sul procedimento utilizzato per la costruzione di questa meraviglia. Secondo Filone furono innanzitutto realizzati i piedi, fino al tallone, che si trovavano su basamenti di marmo bianco. Si procedette poi nella costruzione come se si trattasse di un edificio, ovvero si continuò **"montando" le varie parti della statua** una sull'altra, dopo averle realizzate a terra, come un vero e proprio gioco di costruzioni. Man mano che le varie parti venivano saldate tra loro, si riempiva l'interno della statua con pietre, in modo da renderla stabile. La testa del dio era sormontata da una **corona a raggiera**, proprio come quella della statua della Libertà che si trova a New York.

Somiglianze. **Il dio Helios su una moneta romana e in una statua del I sec. d.C. dello stesso "tipo" del Colosso.**

Una statua che ha fatto tendenza

Negli anni successivi alla costruzione del Colosso di Rodi si diffuse l'usanza di collocare statue gigantesche all'imbocco dei porti, come nel caso di Ostia vicino Roma, di Cesarea in Palestina e di Patrasso nel Peloponneso, solo per citare alcuni esempi.

Per quanto riguarda l'**origine del termine "colosso"**, alcuni studiosi ritengono fosse una parola di origine asiatica, usata per indicare una statua di normali o piccole dimensioni. Questo termine, col quale inizialmente ci si riferiva anche alla statua di Helios a Rodi, divenne da quel momento sinonimo di una figura di dimensioni fuori dal comune.

FOCUS

Helios

Dio del Sole e della luce, nella mitologia greca Helios (Sol per i Romani) era figlio dei titani Teia e Iperione. Fratello di Eos, l'Aurora, e di Selene, la Luna, era particolarmente venerato a Rodi, dove ebbe sette figli dalla ninfa di nome Rodo, noti col nome di Eliadi. Tra i luoghi a lui sacri vi era anche la Sicilia, dove le sue figlie custodivano mandrie di buoi dalle corna dorate. Helios partiva ogni mattina da uno dei suoi due palazzi, quello che si trovava a est, dove sorge il Sole, alla guida di un carro trainato da quattro cavalli che sputavano fuoco dalle narici: in questo modo avveniva l'alba. Viaggiava quindi nel cielo tutto il giorno per poi arrivare, la sera, al secondo palazzo, posto a ovest, facendo tramontare l'astro infuocato. In questo modo donava agli uomini la luce e, correndo alto nel cielo e sulle terre dei mortali, era in grado di posare il suo sguardo, al quale nulla sfuggiva, sugli avvenimenti e sulla vita degli dei e degli uomini. Era raffigurato come un giovane dal capo cinto da raggi d'oro.

Un enigma di pietra

Guardando le piramidi della Piana di Giza ci si pone immediatamente delle domande: perché tanta fatica per raggiungere una perfezione così alta quando, se gli antichi Egizi avessero tenuto standard qualitativi più bassi, nessuno se ne sarebbe accorto?

E perché non è rimasto nulla delle **tecniche di costruzione altamente sofisticate** che occorrono per realizzare opere del genere? La Grande Piramide di Giza è un'opera insuperabile: l'apice si trova esattamente sopra il centro della base, inclinazioni e angoli sono perfetti, ogni blocco è al posto giusto e perfettamente livellato.

Il monumento è **un vero e proprio libro di pietra**, contiene tra l'altro il numero "pi-greco" nel rapporto tra l'altezza e il perimetro della base, il suo peso di 5 miliardi e 273.000 chili moltiplicato per un miliardo di miliardi è uguale al peso della Terra e le pareti non sono perfettamente lisce, ma impercettibilmente convesse. La curvatura che se ne ricava corrisponde al valore in gradi della curvatura terrestre. Secondo alcuni studiosi, la Grande Piramide sarebbe dunque una **rappresentazione in scala 1:43.200 della Terra**.

Opere senza tempo. **Le tre piramidi della Piana di Giza hanno attraversato millenni di storia. Nella foto, una veduta mozzafiato del complesso: la Grande Piramide è la prima a destra anche se in realtà, a causa di una illusione ottica, quella più grande sembra la piramide di mezzo.**

Simbologie astrali

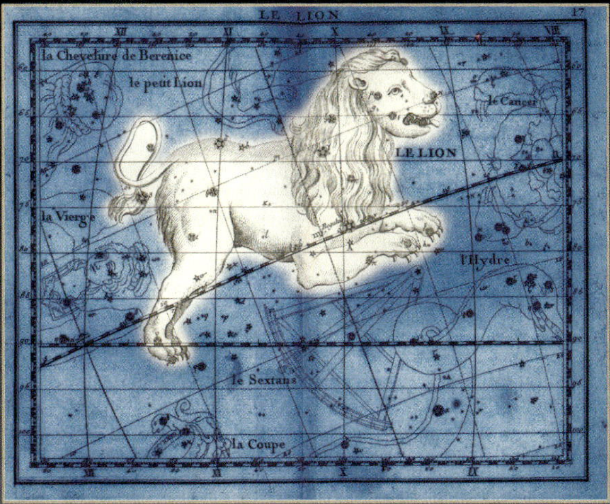

Originariamente era rivestita da oltre 100.000 pietre perfettamente lucidate, del peso di 10.000 chili ciascuna. Cadute in seguito al terremoto del 1300 a.C., molte lastre sono state utilizzate per costruire altri monumenti ma, dall'analisi di quelle rimaste ai piedi della piramide, si è scoperto che erano lavorate con una precisione tale, con errori inferiori a 0,2 millimetri, tanto che nelle fessure non passava nemmeno un foglio di carta.

Tutta la zona di Giza, con le tre piramidi e la Sfinge, sembrerebbe infine essere **lo specchio del cielo**, come se gli antichi Egizi avessero avuto ben presenti alcune importanti stelle.

Come sopra così sotto.
Secondo alcune teorie la Sfinge rappresentava in terra la costellazione del Leone e, inizialmente, doveva aveva una testa leonina. Solo in seguito i faraoni l'avrebbero fatta scolpire a loro immagine.

Il cielo sulla Terra

Nonostante il fatto che alcuni particolari delle piramidi sembrano coincidere con le date indicate dall'egittologia ufficiale, ovvero il 2500 a.C., in generale l'intero complesso sarebbe disposto in modo da **rappresentare il cielo** (il cui aspetto varia nel corso dei secoli a causa del moto di rotazione dell'asse terrestre, un fenomeno chiamato precessione degli equinozi), **in una data ben precisa: il 10450 a.C.**

E le tre piramidi, in particolare, sarebbero strettamente legate alle **tre stelle della Cintura di Orione**, due delle quali sono perfettamente allineate, mentre la terza è leggermente spostata verso est. A questo allineamento in cielo sembra corrispondere esattamente quello delle **tre piramidi di Giza** in terra: la Piramide di Micerino è allineata con Mintaka, la Piramide di Chefren con Alnilam, e la Grande Piramide è allineata con Alnitak.

Corrispondenze suggestive. **Le tre piramidi di Giza sembrano perfettamente allineate con le tre stelle della Cintura di Orione. Posizionata vicino all'equatore celeste, la costellazione di Orione è visibile in quasi tutto il mondo.**

in Cina

in Grecia

negli Stati Uniti

Altre piramidi nel Mondo

Le piramidi non sono presenti solo in Egitto e in Centro e Sud America, in generale tutto il pianeta sembra esserne disseminato.

Sette piramidi interrate si trovano sulle coste del Mar Nero mentre altre, con le pareti perfettamente lisce e un'altezza dai 12 ai 15 metri, si trovano in Uzbekistan. In Australia, a nord di Brisbane, c'è una piramide a gradoni con degli idoli simili al dio egizio Thoth. In Nuova Guinea ci sono cinque piramidi simili a quella australiana, mentre ad Haiti, ci sono piramidi a gradoni come quella egiziana di Saqqara. Altre costruzioni a forma piramidale si trovano poi negli Stati Uniti, in Micronesia, nelle Hawaii, a Tahiti e, sommerse nelle acque dell'oceano, a Yonaguni, in Giappone. Poi ancora in Germania, Inghilterra, Turchia e Bosnia. Numerose piramidi si troverebbero anche in Tibet e in Cina, ma il regime cinese non consente indagini archeologiche. In Italia sembrano esserci piramidi in Sardegna, e a Montevecchia, in provincia di Lecco. Ciò che ne rende difficile l'identificazione, è il fatto che la maggior parte di queste strutture nei millenni è stata ricoperta da terreno e vegetazione. A prima vista sembrano quindi, in tutto e per tutto, formazioni naturali. La forma piramidale è visibile solo dall'alto. Infine, quasi tutte le piramidi del pianeta, sembrano allineate con quelle di Giza. Solo una coincidenza?

Nato con l'aiuto di una dea

Il Tempio di Artemide fu costruito per volere di **Creso, ultimo re di Lidia**, che affidò l'incarico all'architetto Chersifrone. L'edificio sorgeva in una zona da secoli dedicata al culto, infatti nel corpo centrale del tempio sono stati ritrovati i resti di costruzioni sacre molto più antiche, rovine che generalmente si fanno risalire al VII secolo a.C., mentre il tempio dedicato ad Artemide fu terminato intorno al 550 a.C. Creso era un **sovrano ricchissimo**, così come favolosamente ricchi erano i commerci che si svolgevano a Efeso, città posta sulle rotte mercantili. È anche grazie alle carovane che attraversavano il suo regno, che Creso fu in

grado di stanziare somme molto ingenti per la realizzazione di questa autentica meraviglia.

Secondo quanto narra la leggenda, il tempio era talmente maestoso che sarebbe stata **la stessa dea Artemide** a mettere in opera le enormi architravi poste sulle colonne. E lo fece per togliere d'impaccio Chersifrone che, non sapendo come fare per portare a termine il lavoro, stava meditando il suicidio.

Fantasiose ricostruzioni.
Una particolare rappresentazione del Tempio di Artemide in un dipinto fiammingo del Seicento: certamente non molto fedele, ma che ne riecheggia tutta l'imponenza e la ricchezza. Sopra, il re Creso, ancora in un quadro seicentesco, mentre riceve il tributo da parte di un contadino.

In fiamme per colpa di un mitomane

Ma il Tempio non conobbe solo fortuna e prosperità.
Secondo un'altra leggenda la stessa dea Artemide, la notte in cui il tempio venne dato alle fiamme, non stava sorvegliando l'edificio perché, proprio nelle stesse ore, era intenta a vegliare la nascita di Alessandro Magno. L'incendio venne appiccato nel 356 a.C. da **Erostrato, un pastore** che in questo modo riuscì nel suo intento dichiarato, quello di passare alla storia.

Una meraviglia dell'architettura. Il Tempio dalle proporzioni impressionanti, raffigurato in un quadro della fine dell'Ottocento. Vediamo la fitta foresta di colonne con le basi ornate da bassorilievi, il frontone con le gigantesche statue e il lungo fregio che correva tutto intorno. Al centro, nella cella dal grandioso portale, era custodita la statua di Artemide.

FOCUS

Artemide

Artemide, la Diana latina, era la sorella gemella di Apollo. Entrambi sarebbero nati dall'unione di Zeus con Latona, figlia di un Titano, e come Apollo era assimilato al Sole così Artemide era una divinità lunare. Essendo figli di Zeus, signore degli dei, i gemelli erano dotati di poteri divini, in particolare potevano portare la malattia o la guarigione.

Artemide era una giovane selvaggia e fiera, che viveva nei boschi con il suo seguito di Ninfe, per sempre lontane dalla compagnia maschile. Divenne dunque la dea della castità, venerata dalle fanciulle fino al matrimonio. Alle donne mandava le doglie, ma esse la invocavano perché le assistesse durante il parto e proteggesse i loro bambini.

Di carattere aggressivo e dalle caratteristiche quasi virili, la sua vera passione era la caccia, di cui era la divinità protettrice: così veniva raffigurata vestita con una corta tunica, con i capelli legati, armata di arco e frecce e accompagnata da cani o da un cervo.

Il suo principale centro di culto si trovava a Delos, piccola isola dell'arcipelago delle Cicladi dove, secondo il mito, sarebbe nata. A Efeso, invece, veniva onorata come signora e nutrice degli animali e della natura, e raffigurata con numerose mammelle.

Come si usava a quei tempi, molti luoghi di culto garantivano anche il diritto d'asilo e il tempio di Artemide non faceva eccezione. Sembra infatti abbia accolto non pochi personaggi storici: dalle **leggendarie Amazzoni** ai figli di Serse, il re persiano sconfitto dai Greci. **Marco Antonio**, giunto davanti al tempio, avrebbe invece costretto il primo sacerdote a consegnare **Arsinoe, la sorella di Cleopatra** che vi si era rifugiata, per poi ucciderla. In tal modo poté salire, al fianco di Cleopatra, sul trono d'Egitto.

A testimonianza dell'importanza e della fama del Tempio di Artemide, durante gli scavi effettuati nelle fondamenta sono state ritrovate alcune delle più **antiche monete** conosciute, oltre a numerose **statuette votive** di diverse forme, orientali, persiane ed egizie.

Giovane e fiera. Artemide nelle vesti di dea cacciatrice, con il cervo a lei sacro, e con la faretra piena di frecce sulla spalla. Qui a fianco, due antiche monete che la raffigurano mentre scocca una freccia e, in quella d'oro, nel particolare aspetto venerato a Efeso di signora della natura.

Un dio coperto d'oro

Il luogo in cui, nella città di Olimpia, sorgeva il tempio dedicato a Zeus, faceva parte di un primitivo **complesso religioso antico di secoli**, tanto che, secondo alcune teorie, inizialmente il principale **oggetto di culto era una pietra**, della quale gli archeologi hanno trovato traccia. Con il trascorrere dei secoli, man mano che l'edificio sacro diveniva sempre più famoso e importante, si decise di costruire una statua che rappresentasse degnamente **il padre e signore degli dei**. Questo compito fu affidato a Fidia, che aveva già realizzato altre opere monumentali ad Atene, per il Partenone, e che realizzò un lavoro veramente superbo, sia per aspetto sia per dimensioni. Seduto sul trono di ebano alto circa 10 metri, Zeus posava i piedi su di una panca alta più di un metro e sorretta da due leoni. Si è calcolato che **la quantità di oro** necessaria per rivestire, seppur in sottili lamine dello spessore inferiore al millimetro le vesti, i sandali e la chioma, **superava i 1000 chili**. L'espressione gentile e marcatamente umana del dio contrastava con le scene cruente, che narravano le gesta degli dei, rappresentate sul trono.

La decorazione scultorea. **Il tempio di Zeus era ricco di statue e rilievi come questo qui in basso: un frammento del ciclo dedicato alle fatiche di Eracle, con l'eroe in atto di sostenere la volta del cielo.**

Il capolavoro di Fidia

La struttura interna della statua era invece composta da impalcature di legno, ferro e gesso. Ne parla il poeta satirico Luciano, vissuto nel II secolo, mettendo in risalto il **contrasto tra la perfezione esterna** della statua e la **grossolanità dell'intelaiatura interna**.
La statua di Zeus era talmente famosa che durante il regno dell'imperatore Caligola (37-41 d.C.), sembra che i Romani volessero portarla a Roma. Ma, scrive Svetonio, biografo dell'imperatore, **la statua, di fronte agli operai** che studiavano il modo di trasportarla, «**emise una sonora risata** che fece scappare via gli uomini».

Sfiorava il soffitto. **L'imponenza della statua era tale che gli antichi dicevano che se il dio si fosse alzato in piedi avrebbe sfondato con la testa il soffitto del tempio che lo conteneva appena.**

Costantinopoli. La città ricca e cosmopolita (qui in un quadro ottocentesco), piena di tesori d'arte, accolse la famosa statua di Zeus trasportata da Olimpia.

Una fine ingloriosa

Scongiurato il pericolo di un trasferimento, la statua di Zeus rimase al suo posto ancora per circa 800 anni quando, con l'**avvento del Cristianesimo,** i templi dedicati agli dei vennero abbandonati perché considerati luoghi pagani. Anche la città di Olimpia, ormai in declino, si trovava nell'incuria più totale. Il **mercante Lausus** salvò dalla rovina la statua del signore degli dei portandola **nel suo palazzo a Costantinopoli**, una specie di primitivo museo nel quale amava raccogliere opere del mondo classico, condannandola però a un destino non meno duro. Andò infatti distrutta nel 475 d.C., nel **grande incendio** che devastò la città. Resta tuttora un mistero come fu possibile trasferire una statua di tali dimensioni da Olimpia a Costantinopoli.

FOCUS

Un tempio grandioso

Edificato su progetto dell'architetto Libone, la costruzione del tempio di Zeus iniziò nel 470 a.C. ed ebbe una durata di ben 14 anni. Di dimensioni mai superate in tutto il Peloponneso, la sola base misurava circa 28 metri per 64 ed era alta quasi 11 metri. Realizzato con materiali reperiti in zona, le architravi pesavano oltre 12.000 chili e posavano su 34 colonne alte 13 metri. Alla cella centrale si accedeva da una porta che si trovava sul lato est. Resta un mistero il metodo utilizzato per mettere in opera a quell'altezza architravi così pesanti. L'intera struttura doveva poi sorreggere un peso notevole, considerando che il tetto era ricoperto da lastre di marmo. Infine, tutto il tempio era riccamente decorato con statue di marmo e bassorilievi raffiguranti scene mitologiche.

Zeus

Zeus (Giove per i Romani, Tinia per gli Etruschi), era il signore degli dei e degli uomini, il dio del cielo e del tuono. I suoi simboli, tutti riferiti alla potenza e all'autorità, erano il fulmine, la quercia, il toro e l'aquila. Secondo la tradizione era sua abitudine punire coloro che non riscuotevano il suo favore, scagliando temibili saette. Figlio di Crono e di Rea, ebbe come sposa Era ma amò anche numerose altre dee, come Dione dalla quale generò Afrodite, o Latona che gli diede Apollo e Artemide. Zeus si unì spesso anche a donne mortali, alle quali si presentava sotto travestimento, e che venivano poi punite dalla moglie gelosa. I greci avevano un rapporto particolare con le loro divinità, tanto che le immaginavano condurre una vita simile alla loro, con dolori e felicità, vizi e virtù. Gli dei scendevano spesso tra gli uomini e, in caso di dispute, anche loro si dividevano prendendo le parti delle fazioni in lotta. Dimora degli dei e dello stesso Zeus era l'Olimpo, che con i suoi 2917 metri è la montagna più alta della Grecia. Zeus però non vi era relegato, ma si muoveva sulla Terra per mantenere l'ordine e la giustizia, far rispettare i giuramenti e il dovere di ospitalità, regolando così la vita sia degli uomini sia degli dei. Zeus, immortale, aveva però un unico limite: quello del destino, incarnato dalle Moire che filavano il tessuto della vita degli uomini e ne decidevano la lunghezza.

IL FARO DI ALESSANDRIA

Una torre maestosa

Il Faro di Alessandria con i suoi oltre 100 metri rimase **la più alta costruzione del mondo**, dopo la Grande Piramide di Giza, fino al periodo delle cattedrali gotiche: un vero e proprio monumento alle capacità dell'uomo e dotato di un **meccanismo di illuminazione** tecnologicamente molto avanzato, **addirittura avveniristico** per quei tempi. Nonostante i Greci fossero soliti mantenere uno stretto riserbo sulle tecnologie che utilizzavano, che le loro cronache non descrivono mai nel dettaglio, secondo alcuni studiosi il meccanismo di illuminazione del faro era formato da **grandi lastre di bronzo concave**, forse girevoli, che formavano un gioco di specchi molto complesso.

La città dei commerci. Ricostruzione idealizzata del Faro di Alessandria in un'incisione del Settecento. Dietro l'isolotto, la veduta della città sul Porto Grande che accoglieva navi da tutto il mondo.

Un sapiente gioco di specchi

Secondo alcuni racconti, per la verità abbastanza fantasiosi, gli specchi erano talmente potenti da **incendiare le navi nemiche** riflettendo i raggi del sole. E anche la leggenda secondo la quale la statua posta in cima al Faro girava su se stessa, seguendo il corso del sole e scandendo le ore, sembra abbastanza priva di fondamento. Grazie agli specchi, proprio come nelle strutture moderne, il Faro di giorno **rifletteva la luce del sole**, mentre di notte la sorgente luminosa era costituita da **un grande fuoco**, che alcuni vogliono posto alla base, la cui luce veniva riflessa e amplificata dal meccanismo che si trovava sulla sommità. Va comunque tenuto presente che nelle epoche antiche si preferiva non navigare di notte, per cui la struttura aveva un utilizzo soprattutto diurno.
Il Faro aveva anche una **funzione difensiva**. Infatti sembra che molti locali, oltre a quelli adibiti a magazzino, fossero utilizzati come alloggi per le guardie. Ciò è avvalorato dai racconti del 47 a.C. quando, nel corso dell'occupazione di Alessandria da parte dell'esercito di Giulio Cesare, sembra che nessuna nave potesse entrare in porto contro il volere della guarnigione di guardia nel Faro.

Arma micidiale. Un affresco del Cinquecento mostra come uno specchio ustorio manda a fuoco una nave: ingegnosa arma inventata da Archimede per la difesa di Siracusa nel 212 a.C. Qui a fianco, una lucerna a forma di faro rinvenuta ad Alessandria.

PHAROS

Il mistero di Alessandro Magno

La costruzione di questa Meraviglia sarebbe iniziata sotto il regno di Tolomeo I Soter, amico di Alessandro Magno, che salì al trono dopo la morte del grande condottiero macedone. Si narra che durante una sosta del corteo funebre nella città di Menfi, **Tolomeo trafugò le spoglie di Alessandro** dirette in Macedonia, sua terra natale, con l'intento di tumularle in un **grandioso mausoleo** da costruirsi ad Alessandria. Ma nonostante anni di ricerche, il corpo del grande re non è mai stato trovato. Presumibilmente la tomba reale potrebbe ora trovarsi sotto il livello del mare, a causa del mutamento della linea di costa avvenuto nei secoli.

Baluardo sul mare. Disegnato fantasiosamente come un torrione a pianta circolare, in questa incisione del Cinquecento il Faro si mostra alto sullo scoglio su cui sorgeva. Ed era realmente collegato all'isolotto di Pharos con un lungo ponte.

In viaggio con l'astronave di Voyager

Recentemente sono state identificate le Sette Meraviglie del Mondo Moderno. Per conoscerle bisogna prepararsi ad un viaggio che, tranne in un caso, ci riporta indietro di secoli. Sono ancora gli antichi a lasciarci un patrimonio di armonia e grandezza, splendore e solidità. E per intraprendere questo viaggio nel tempo e nello spazio, bisogna partire dall'ultima delle Sette Meraviglie del Mondo Antico rimasta ancora in piedi: la Grande Piramide d'Egitto.

1

La storia

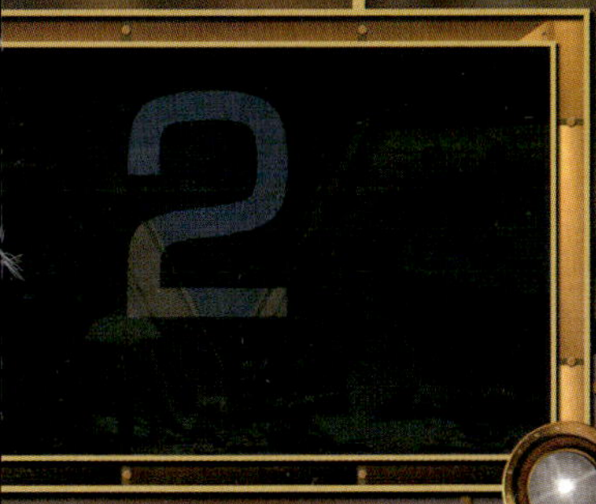

l mistero

Il viaggio

3 Il viaggio

"Considerato che sono così barbari, è davvero notevole vedere quello che hanno realizzato."

HERNÀN CORTÉZ
conquistatore, XVI secolo

Settantasette candidate

È forse un segno dei tempi moderni che la selezione delle **nuove Sette Meraviglie del Mondo** sia stata organizzata da una società privata, e non dall'Unesco, e utilizzando gli strumenti propri della nostra epoca: Internet e gli sms.
Nel corso dei secoli l'uomo ha continuato a costruire monumenti, per cui l'idea di creare una lista aggiornata di "meraviglie" del mondo moderno ha subito trovato il favore del popolo di Internet. Il "referendum" è stato lanciato **nel corso delle Olimpiadi di Sydney del 2000** ma, visto l'enorme successo riscosso dal progetto, la pubblicazione della lista finale è stata più volte posticipata: alle 17 opere inserite sin dall'inizio dai promotori dell'iniziativa, ne sono state aggiunte molte altre a seguito delle richieste del pubblico, fino ad arrivare a un totale di oltre 150.

Ventuno finaliste

La giuria era composta da sette giudici internazionali che dovevano scegliere tra le prime **77 opere candidate**. La lista delle 21 opere finaliste venne presentata il 1 gennaio 2006, mentre la scelta finale è avvenuta il 7 luglio 2007 a Lisbona.
Tra le 77 opere finaliste **ben cinque si trovano in Italia**: il Colosseo, la Torre di Pisa e il Palazzo Ducale di Venezia, e due che sorgono nel territorio del Vaticano, la Basilica di San Pietro e la Cappella Sistina.
Da notare, infine, come **in tutta la vicenda il numero 7 sia una costante**: sette sono le Meraviglie e sette sono i giudici, 77 le candidate, 21 (7x3) le finaliste, 7/7/07 la data della proclamazione della nuova lista.

Importante significato. **Il numero sette in molte tradizioni è considerato simbolo della perfezione e della completezza.**

Irrinunciabile. Il complesso delle piramidi della Piana di Giza è stato successivamente inserito come "Meraviglia Onoraria", in quanto la Grande Piramide era già fra le Sette Meraviglie del Mondo Antico.

QUESTA È LA LISTA DELLE 21 FINALISTE, LE PRIME 7 SONO QUELLE SCELTE

1. Grande Muraglia cinese (Cina)
2. Petra (Giordania)
3. Cristo Redentore (Rio de Janeiro, Brasile)
4. Machu Picchu (Cuzco, Perù)
5. Chichén Itzà (Yucatan, Messico)
6. Colosseo (Roma, Italia)
7. Taj Mahal (Agra, India)
8. Grande Piramide di Giza (Il Cairo, Egitto)
9. Acropoli di Atene (Grecia)
10. Alhambra (Granada, Spagna)
11. Angkor Vat (Angkor, Cambogia)
12. Moai (Isola di Pasqua, Cile)
13. Torre Eiffel (Parigi,Francia)
14. Hagia Sophia (Istambul, Turchia)
15. Tempio di Kiyomizudera (Tokio, Giappone)
16. Cremlino e Piazza Rossa (Mosca, Russia)
17. Castello di Neuschwanstein (Fussen, Germania)
18. Statua della Libertà (New York, USA)
19. Stonehenge (Amesbury, Inghilterra)
20. Teatro dell'Opera (Sydney, Australia)
21. Timbuktu (Mali)

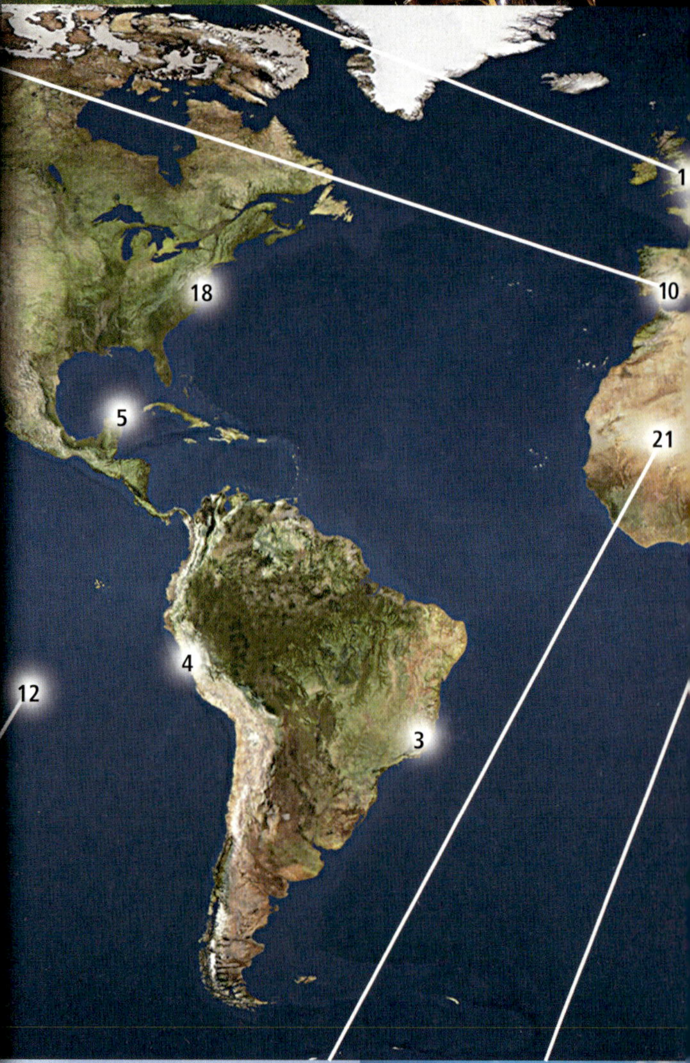

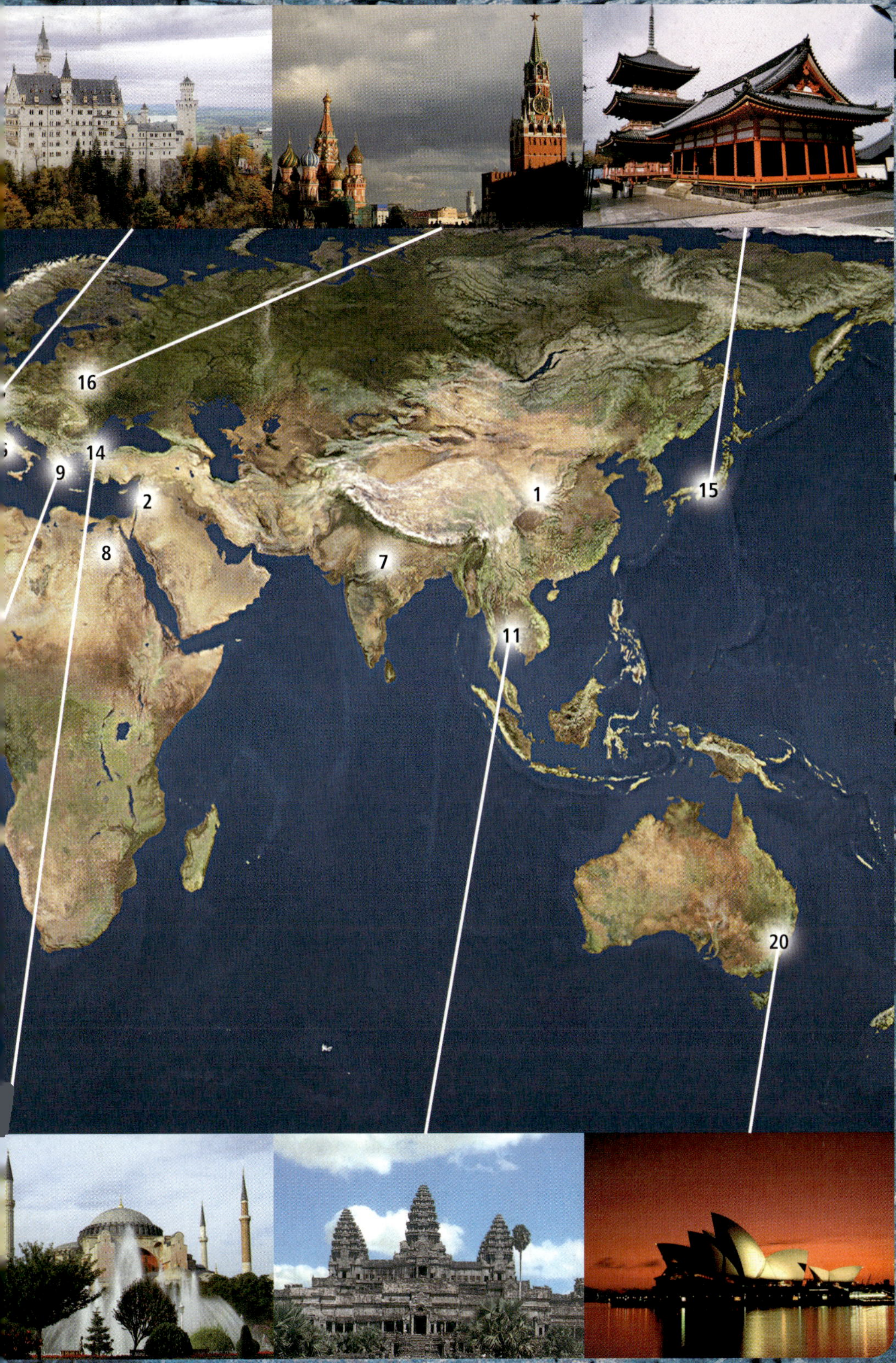

16
14
9
2
8
1
15
7
11
20

Viaggio alle piramidi

In viaggio nel tempo. **Le telecamere di Voyager sono entrate più volte nelle piramidi ma l'emozione è sempre forte, come se ci attendesse la scoperta di un nuovo frammento di storia. Nella foto piccola, uno dei condotti della Camera del Re.**

Entrare nella Grande Piramide di Giza è come immergersi in un gioco tridimensionale del quale non ci è dato capire il significato. Condotti, stanze e gallerie che occupano nell'insieme uno spazio veramente piccolo rispetto all'**enormità della struttura**, si addentrano nella roccia, verrebbe da dire, come se sapessero esattamente in che direzione andare e che funzione hanno. Tutti **dettagli ignoti** però all'uomo, che da millenni cerca di coglierne i segreti. Alcuni condotti sono di dimensioni minuscole, circa 20 centimetri di lato, mentre alcuni **passaggi alti poco più di un metro**, improvvisamente, si aprono su **gallerie altissime** per poi, inspiegabilmente, ridursi alle dimensioni iniziali. Non c'è un solo segno, un solo graffito, tranne quelli lasciati dai visitatori di tempi relativamente recenti.

Una strada aperta da un califfo

Per accedere alla Grande Piramide sfruttiamo l'apertura fatta dal califfo Al-Ma'mun nel IX secolo d.C., perché quella che doveva essere **l'entrata principale si trova a 17 metri di altezza**. Ora è chiusa perché il condotto chiamato "corridoio discendente" è letteralmente "tappato" da tre blocchi che combaciano talmente alla perfezione con i lati del cunicolo stesso, che **non esiste nessuna spiegazione** plausibile su come siano stati posizionati.

Percorriamo quindi la galleria scavata da Al-Ma'Mun fino a quando non intercetta il "corridoio ascendente", un piccolo cunicolo ripido e senza appigli, che **si può percorrere solo stando carponi**. La galleria, il cui pavimento è perfettamente levigato, punta dritto verso l'alto con una pendenza tale che sono stati montati dei corrimano e dei gradini in legno, necessari per non scivolare. Poi, improvvisamente, sbuchiamo in quella conosciuta come la "grande galleria", un'**opera maestosa** che nella parte bassa è larga circa due metri e le cui pareti sono formate da sette corsi di blocchi di granito sporgenti di pochi centimetri sul corso sottostante.

Un mistero di pietra. **L'ingresso si trova in cima ai primi ordini di massi nei quali è stata ritagliata una stretta scala. In basso una ricostruzione mostra la disposizione dei condotti e delle camere della piramide.**

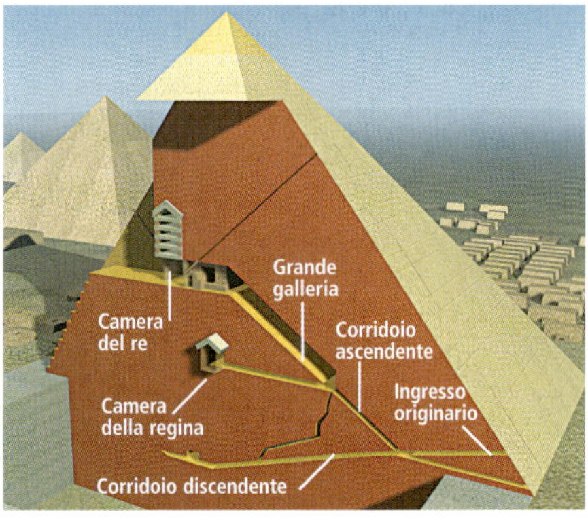

Un percorso in salita.
Nelle due immagini i condotti che salgono verso la Camera del Re. Si notano i corrimano ai lati e le assi di legno nel pavimento. I cunicoli sono infatti talmente in pendenza e levigati che è quasi impossibile non scivolare.

Verso la Camera del Re

La grande galleria è alta 8 metri e mezzo, il soffitto è largo circa 1 metro ed è **perfettamente inclinata di 26°** (ovvero la metà dell'inclinazione dei lati esterni della piramide). Percorriamo i suoi 46 metri di lunghezza sui gradini sistemati ai due lati, perché nel centro esatto del pavimento, in corrispondenza del centro del soffitto, c'è un solco largo come il soffitto stesso e profondo 60 centimetri.

Una volta arrivati in cima alla galleria, dobbiamo superare uno scalino di 90 centimetri per entrare nel "passaggio d'ingresso", un breve cunicolo orizzontale alto poco più di un metro.

Ci troviamo esattamente a metà dell'altezza esterna della piramide. Poi, improvvisamente, il soffitto si alza diventando di circa 3 metri e mezzo. Nelle pareti ci sono dei solchi che, secondo gli egittologi, dovevano contenere **quattro grosse saracinesche di pietra**.

Solo la prima è rimasta, una lastra di granito spessa 22 centimetri e alta 1,80 metri, che stranamente non arriva a terra ma si ferma all'altezza del cunicolo di ingresso. Ma, in ogni caso, i solchi non sono abbastanza alti da consentire l'apertura del passaggio. Insomma, se di saracinesche si trattava, di certo non si potevano chiudere.

La stanza dei misteri

Proseguiamo entrando carponi in un altro passaggio uguale a quello d'ingresso, ma rivestito di granito rosso, che immette in quella che viene comunemente chiamata la **Camera del Re**.

Per fortuna, arrivati a questo punto, abbiamo smesso di farci delle domande, perché questa stanza è un vero e proprio enigma.

Perfettamente orientata da est a ovest, è alta quasi 6 metri e i lati misurano circa 10 x 5 metri, l'uno l'esatta metà dell'altro. Le pareti sono formate da **100 blocchi di granito rosso**, ciascuno del peso di oltre 70000 chili, disposti in cinque file dal pavimento al soffitto, che è formato da altri cinque blocchi del peso di circa 50000 chili ciascuno. Infine, fanno da pavimento 15 pietre anch'esse di granito rosso. In fondo alla Camera del Re si trova quello che gli egittologi ritengono essere il sarcofago, ovvero una vasca senza coperchio e **perfettamente intagliata**, ricavata non si sa come **da un unico blocco di granito**.

Solo una tomba?
Il cunicolo che immette nella Camera del Re è alto poco più di un metro: impossibile farci passare quello che si ritiene fosse il sarcofago.

Un enigma impenetrabile

Non si sa nemmeno come sia stato possibile portare il presunto sarcofago dentro la piramide, visto che non passa attraverso i cunicoli. Questa vasca ha un volume interno che è esattamente la metà di quello esterno e, al contrario di tutti i sarcofagi egizi, **non ha nessuna iscrizione**.

Dentro la piramide **si perde la cognizione del tempo**, è come trovarsi all'interno di una montagna, in una grotta profonda. Quando usciamo l'aria fredda della notte sulla Piana di Giza ci fa rabbrividire, ci allontaniamo guardando ancora una volta la Grande Piramide alle nostre spalle, cercando di capirne il senso.

Uno sguardo che sfida i millenni.
La Sfinge, col suo enigmatico sguardo di pietra, custodisce ancora gelosamente i suoi segreti. Nonostante in tutti i monumenti di Giza siano stati effettuati rilevamenti con le attrezzature più sofisticate, è forte la sensazione che ci sia ancora molto da scoprire.

Chichén Itzá

Un altare maestoso. Una suggestiva immagine della piramide di Kukulkán in tutta la sua imponenza. In cima ai nove gradoni si trova il tempio che si pensa fosse dedicato al culto del dio del Sole.

Il complesso Maya di Chichén Itzá si trova in Messico, a nord della penisola dello Yucatan. La disputa su chi abbia costruito questa imponente area sacra è tuttora aperta, in quanto la datazione al carbonio 14 non è effettuabile sulla pietra. L'archeologia ufficiale ritiene sia stata **realizzata a partire dal X secolo dal popolo degli Itzá**, con successive influenze dei Maya e dei Toltechi. Ma si è ben lontani dall'averne la certezza. Di sicuro sappiamo che la città conobbe la sua fine nel XIV secolo.

Il complesso è composto da circa 30 edifici, il più importante dei quali è sicuramente il tempio di Kukulkán, così veniva chiamato il dio Quetzalcoatl, "il serpente piumato". Si tratta di una piramide a 9 piani alta 17 metri, sulla cui sommità si trova un tempio al cui ingresso vi sono due colonne a forma di serpente.

La piramide era **consacrata al culto del Sole**. Su ogni lato vi sono 4 gradinate la somma dei cui gradini dà come risultato 364, a cui va sommato il gradino unico della piattaforma superiore, per **un totale di 365**, ovvero il numero dei giorni dell'anno. Inoltre, moltiplicando il numero dei piani, nove, per i quattro lati della piramide, il risultato è 18, numero che corrisponde ai mesi del calendario azteco.

FOCUS

Quetzalcoatl

Quetzalcoatl, il serpente piumato, è una delle divinità più importanti del Centro America. La zelante opera di cancellazione culturale svolta dai conquistatori, ha fatto in modo che ci arrivassero solo brandelli di tale tradizione: secondo alcuni studiosi i sacerdoti compivano sacrifici umani in suo onore, secondo altri, invece, il dio era contrario a tali sacrifici. Conosciuto come il "dio della stella del mattino", come era anche Horus per gli antichi Egizi, Quetzalcoatl era colui che aveva insegnato agli uomini l'uso delle arti, della scrittura e del calendario. Era, quindi, un dio portatore di civiltà. Secondo la tradizione, Quetzalcoatl e Xolotl, il suo fratello gemello, sarebbero stati partoriti da una vergine.

Dedicata al Sole

Negli equinozi di primavera e d'autunno sulla piramide, **perfettamente allineata con il Sole**, si crea un suggestivo gioco di luci e ombre, un immaginario serpente che, per tutto il giorno, sembra muoversi sulla scalinata. Secondo recenti teorie Chichén Itzá, proprio come le piramidi di Giza, sarebbe stata ideata su una griglia perfettamente allineata con le costellazioni, uno schema che **raffigura il cielo di circa 12.000 anni fa**. Che ciò sia vero o meno, risulta comunque evidente che i progettisti conoscevano alla perfezione il movimento di costellazioni e pianeti. Poco lontano dalla piramide di Kukulkán si trova il "Tempio dei Guerrieri", a cui si accede tramite una gradinata centrale, ornata da teste di serpenti piumati. All'interno di questo tempio si trovano delle colonne che riportano **l'immagine del dio Quetzalcoatl** e delle maschere raffiguranti il dio maya Chaac. Qui si trova anche una famosa sala formata da una vera e propria **foresta di colonne**, da cui il nome "Complesso delle Mille Colonne".

Il dio che ha portato la conoscenza.
Il "serpente piumato", ovvero il dio Quetzalcoatl, rappresentazione della dualità dell'universo: il serpente identifica la terra, le piume il cielo. È anche simbolo di morte e resurrezione.

Il Colosseo

"Quamdiu stat Colysaeum stat et Roma, quando cadet et Colysaeum cadet et Roma, quando cadet et Roma cadet et mundus"
"Fin quando ci sarà il Colosseo ci sarà Roma, quando cadrà il Colosseo cadrà Roma e quando cadrà Roma, cadrà il mondo"

Sfida i millenni. **Ha superato 2000 anni di storia senza troppi acciacchi, sia all'esterno sia all'interno.**

Divenuto **simbolo di Roma**, il Colosseo, o Anfiteatro Flavio come si chiamava originariamente, era in grado di contenere almeno **50.000 spettatori**. L'edificio, di forma ovale, è alto 57 metri con assi che misurano 188 per 156 metri.
La sua costruzione iniziò intorno all'anno 70 d.C., durante il regno dell'**imperatore Vespasiano** e fu terminata dal figlio Tito, nell'anno 80. Pochi anni dopo l'imperatore Domiziano, secondo figlio di Vespasiano, fece apportare alcune modifiche all'edificio, tra cui la costruzione dei sotterranei.

Un'arena maestosa.
Il Colosseo era veramente imponente. Nel disegno è rappresentato come doveva apparire ai tempi della Roma antica, con la sua copertura fatta di enormi tende e l'interno suddiviso in vari settori. Alle donne era consentito accedere solo alla parte più alta, lontana dal resto del pubblico. All'imperatore, invece, era riservato un palco che si raggiungeva da un ingresso riservato.

Una vita lunga e travagliata

Realizzato sul sito in cui sorgeva la Domus Aurea di Nerone, zona che venne così restituita alla città, il Colosseo era utilizzato per manifestazioni a carattere sacro, per gli spettacoli dei gladiatori, per rappresentazioni di caccia e lotte tra animali che a volte culminavano nell'**esecuzione dei condannati a morte**. Poi, dal VI secolo, quando l'anfiteatro cadde in abbandono, conobbe diverse destinazioni d'uso: nelle vicinanze venne realizzata una necropoli e, nel XIII secolo, i Frangipane vi costruirono un palazzo, in seguito abbattuto anche se altre famiglie nobili abitarono ancora nel Colosseo.

Nel corso dei secoli vennero sistematicamente **asportati i blocchi di travertino** che lo ricoprivano per costruire altri palazzi, solo dall'inizio del 1700 il saccheggio ebbe termine. Nel 1744 papa Benedetto XIV realizzò le edicole della Via Crucis, facendo così del Colosseo un **luogo sacro**.

Contro le fiere.
Le lotte tra gladiatori erano uno degli spettacoli più apprezzati dal pubblico romano, come quella ricostruita nel famoso film "Il Gladiatore".

Restaurato più volte dall'Ottocento in poi, gli scavi per riportare alla luce l'originaria struttura interna dell'anfiteatro iniziarono nel 1938. L'edificio originario era composto da tre ordini di arcate con in cima un quarto ordine costituito da una parete piena con ampie finestre quadrate. Sulla sommità erano installate **vele di copertura**, azionate da un **ingegnoso meccanismo**, che consentiva agli spettatori di ripararsi. All'interno la costruzione era suddivisa in cinque settori, ognuno riservato a un pubblico diverso per estrazione sociale.

Il Cristo Redentore

Protegge la città.
La statua del Cristo Redentore sovrasta la città di Rio de Janeiro, che con i suoi 7.000.000 di abitanti può considerarsi la capitale turistica del Brasile. Nel 1960 la capitale politico-amministrativa è infatti stata spostata a Brasilia, città appositamente costruita.

Simbolo della città di **Rio de Janeiro**, la statua del Cristo Redentore si trova sulla collina chiamata Corcovado, che con i suoi 710 metri sul livello del mare sovrasta la città. **Alto circa 38 metri**, le prime proposte per la costruzione di questo grande monumento risalgono al 1850, ma solo nel 1921 si organizzò la raccolta di fondi per tradurre in realtà il progetto di Heitor da Silva Costa, che raffigura il Salvatore con le braccia aperte, la cui realizzazione fu affidata allo scultore francese Paul Landowski. Costruita in calcestruzzo, materiale giudicato il più adatto alle variazioni climatiche, **ci vollero cinque anni** per portare a termine l'opera e l'inaugurazione avvenne con una fastosa cerimonia il 12 ottobre 1931 alla presenza del presidente Getùlio Vargas, nel corso della quale le luci che illuminavano la statua vennero accese con un impulso radio inviato da Roma, da **Guglielmo Marconi**, un avvenimento eccezionale per quei tempi.
La statua è raggiungibile grazie a una ferrovia che la collega alla città. Fino al 2002 si dovevano percorrere a piedi i 222 gradini che la separano dalla stazione di arrivo della ferrovia, ma ora sono stati installati degli ascensori e delle scale mobili.

FOCUS

Guglielmo Marconi

Guglielmo Marconi (Bologna, 1874-1937) è l'inventore della telegrafia senza fili e della radio. Nel 1895, dopo vari esperimenti, riesce ad inviare un impulso radio che viene ricevuto a distanza, in grado di superare anche gli ostacoli naturali. Marconi è costretto a cercare i fondi necessari per continuare i suoi esperimenti in Inghilterra, perché il governo di Mussolini si disse non interessato a tale invenzione. Nel 1909 fu uno dei vincitori del Premio Nobel per la fisica e quando morì, il 20 luglio 1937, tutte le stazioni radio del mondo, che ormai trasmettevano programmi regolari, interruppero le trasmissioni contemporaneamente per due minuti, in segno di lutto. L'accensione delle luci del Cristo Redentore tramite un impulso radio inviato da Roma nel 1931, non è l'unico esperimento di questo genere: un anno prima, da Genova, Marconi aveva acceso le luci del municipio di Sydney, in Australia.

Un enorme abbraccio.
Vista dal basso la statua del Cristo Redentore appare in tutta la sua imponenza. Ai piedi della statua, nel 1974, la comunità italiana di Rio ha apposto una targa in memoria di Guglielmo Marconi.

La Grande Muraglia cinese

Un esercito antico.
Pochi anni fa è stata ritrovata la sepoltura dell'imperatore Qin Shi Huangdi raffigurato qui sotto. La tomba conteneva un imponente esercito di guerrieri di terracotta a grandezza naturale.

La Grande Muraglia cinese è un'opera veramente faraonica, se si pensa che è **lunga oltre 6.000 kilometri**, con un'altezza di circa 10 metri e una larghezza variabile intorno ai 6 metri. Costruita a partire dal III secolo a.C. per volere dell'imperatore Qin Shi Huangdi, doveva servire a proteggere i confini dell'impero dalle invasioni, soprattutto quelle delle popolazioni mongole. In realtà gli invasori riuscirono comunque nei secoli a penetrare la Muraglia, sfruttando le porte di accesso, ovvero gli unici punti deboli di tutta l'opera.
A distanze più o meno regolari vi sono **una serie di torri, o fortini**, che servivano da alloggiamento per i soldati e come magazzino per le armi e gli equipaggiamenti.

La traduzione del nome cinese, *Wanli changcheng*, significa "il lungo muro di 10.000 li", essendo il *li* una misura di lunghezza che equivale a 500 metri circa.

Il capolavoro di un popolo

Dichiarata dall'Unesco Patrimonio dell'Umanità, la Grande Muraglia è oggi un **monumento a rischio** per colpa dell'inquinamento e della massa di turisti che ogni anno si recano a visitarla.

Una moderna leggenda vuole che sia l'unica opera **visibile dallo spazio**, ma ciò non può essere vero perché, a causa della larghezza di "soli" 6 metri, già a meno di 100 kilometri di altezza non è più riconoscibile. Secondo una leggenda più antica, invece, gli operai morti nel corso della sua costruzione **sarebbero stati seppelliti all'interno** ma, in realtà, gli unici resti umani rinvenuti si trovavano nelle vicinanze della struttura e mai al suo interno.

La muraglia è realizzata con un rivestimento esterno di pietre con un riempimento di terra e pietrisco e alla sua costruzione avrebbero contribuito **oltre 300.000 uomini**. L'opera è stata realizzata in periodi diversi, in effetti i vari governanti della Cina hanno sempre migliorato e continuato la costruzione della Grande Muraglia.

Per difendere il confine. **Merito di Quin Shi Huangdi fu quello di unificare le varie opere difensive in un'unica grande muraglia che fermasse le frequenti scorrerie dei popoli nomadi confinanti.**

Machu Picchu

È la "Città Perduta" degli Inca, costruita a **2700 metri di altitudine,** in una delle zone più impervie della Cordigliera delle Ande. Questa città, dalle rovine imponenti, si ritiene sia stata edificata intorno al 1440 e abbandonata nel periodo della conquista spagnola, circa un secolo dopo. Ma in effetti il mistero su chi l'ha costruita rimane. Di sicuro i suoi ideatori dovevano avere più che buoni motivi per arrampicarsi fin lassù, perché Machu Picchu è situata su un piccolo altopiano al quale si accede solo grazie a un sentiero **percorribile esclusivamente a piedi** o a dorso di mulo, con uno strapiombo di 400 metri sulla vallata sottostante.

A ricordo di un pioniere. **A destra la targa dedicata a Hiram Bingham, primo straniero a mettere piede a Machu Picchu.**

Una città ricca di segreti

Uno dei maggiori interrogativi è rappresentato dal fatto che Machu Picchu, più che una città, **sembra una fortezza**, in quanto vi sono case sufficienti solo per meno di mille abitanti.
Alcuni edifici sono costruiti con **enormi blocchi di pietra** che arrivano a pesare anche **200 tonnellate l'uno** e che, in alcuni casi, sono di forma irregolare, tanto che esiste un blocco nel quale si contano ben 32 angoli.
Inoltre è stato dimostrato che il luogo in cui si trova Machu Picchu era di sola roccia, il che ha reso necessario portare oltre **25.000 tonnellate di terreno** dalla vallata sottostante fino in cima alla montagna. Ma come ciò sia stato possibile resta un mistero. Secondo alcuni studiosi poi, gli Inca avrebbero costruito solo alcuni edifici più recenti sulle **rovine di un'antichissima città**, eretta non si sa quando e non si sa da chi.
Dalla scoperta delle Americhe a quella della città di Machu Picchu passano **ben quattro secoli**. Solo nel 1911, un giovane archeologo americano di nome Hiram Bingham, dimostrerà al mondo che la Città degli Dei non era solo una leggenda. Bingham credeva si trattasse della leggendaria città di Vilcabamba, che gli Spagnoli non riuscirono mai a trovare, e che oggi sappiamo essere molto più a valle e in un'altra zona.

Irraggiungibile. **La Città Perduta degli Inca è rimasta nascosta fino al 1911. Solo 400 anni dopo l'arrivo degli spagnoli, che non la trovarono mai, uno straniero mise piede tra queste rovine imponenti, raggiungibili solo grazie ad uno stretto sentiero.**

Dubbi sulla sua costruzione. Suggestiva immagine delle rovine della città di Machu Picchu. Nonostante molte opere murarie siano sicuramente opera degli Inca, la struttura dell'intero complesso è realizzata con due stili diversi che, probabilmente, stanno a indicare anche due differenti costruttori.

Il Taj Mahal

Situato nell'**India del nord**, a circa due ore e mezza di treno da Nuova Dehli, più precisamente ad Agra, il Taj Mahal fu costruito per **volere dell'imperatore moghul Shah Jahan** nel 1632, per commemorare la consorte Arjumand Banu Begum, detta anche Mumtaz Mahal, che in persiano significa "la luce del palazzo", morta due anni prima dopo avere partorito il **quattordicesimo figlio** dell'imperatore. L'intero complesso è infatti una tomba, un vero e proprio **monumento costruito per amore**. Shah Jahan era così innamorato della sua consorte che, secondo una leggenda, in breve tempo la barba e i capelli gli divennero bianchi per il dolore.

Dichiarato Patrimonio dell'Umanità dall'Unesco nel 1983, il complesso è realizzato in **mattoni ricoperti di pregiatissimo marmo bianco**, che sarebbe stato portato da una cava situata a 200 kilometri di distanza. Proprio grazie a questo marmo e alle pietre preziose incastonate, **l'edificio cambia colore** a seconda di come viene colpito dalla luce del sole o della luna, passando dal bianco a tonalità rosate o dorate. Ci vollero **22 anni** per terminare il monumento, più di **20.000 artigiani**, alcuni dei quali provenienti anche dall'Europa e da tutta l'Asia, e **oltre 1000 elefanti** vennero impiegati per il trasporto dei materiali. In tutto le pietre preziose incastonate nel marmo bianco sono di circa 30 tipi diversi.

Un atto d'amore. **Il Taj Mahal sembra un edificio da favola divenuto realtà. La perfezione delle proporzioni dell'edificio è esaltata dai fantastici giochi di luce dei raggi del sole sulla cupola. Qui in basso, il moghul Shah Jahan, che lo fece costruire in ricordo della consorte Mumtaz Mahal (nella pagina successiva).**

Un capolavoro d'arte

Ciò che maggiormente caratterizza questo monumento è la **ricerca continua della simmetria**. Il corpo centrale dell'edificio è a pianta quadrata e i quattro minareti situati agli angoli sono di altezza minore rispetto alla cupola del mausoleo, che in questo modo risulta ancora più imponente. Grazie a **numerosi giochi ottici**, le proporzioni dei fregi scolpiti sul portale sono uguali indipendentemente dalla distanza da cui li si osserva così come, guardando la costruzione dal cancello esterno, questa sembra piccolissima. Ironia della sorte fu proprio l'imperatore Shah Jahan a turbare la simmetria di tutto il complesso, infatti la sua tomba venne posta a fianco di quella dell'amata imperatrice anche se, nel progetto iniziale, ciò non era previsto.

Perfezione. La simmetria e l'eleganza di tutto il complesso sono visibili anche in questo scorcio dell'interno, con i suoi enormi spazi riccamente decorati.

Nel periodo coloniale, il governatore inglese Lord William Bentick avrebbe studiato **un piano per demolire il complesso** e spedire in Inghilterra i marmi e le pietre preziose per poi venderle all'asta. In realtà non ci sono prove certe al riguardo, più probabilmente si trattò solo di false voci messe in giro per **screditare l'immagine della corona inglese**. Dopo avere attraversato pressoché indenne secoli e guerre, ora il complesso è **minacciato dall'inquinamento**, principale causa dell'ingiallimento dei marmi.

L'antica città di Petra

Petra, **antica città scavata nella roccia**, si trova in Giordania a circa 250 kilometri a sud di Amman, la capitale. Vi si accede solo tramite **una stretta gola lunga** un kilometro e mezzo, chiamata "siq", percorribile solo a piedi, a cavallo, oppure a dorso di cammello. I primi insediamenti nella zona risalgono al X secolo a.C. poi, nel corso dei secoli, il sito di Petra **fu abitato dagli Edomiti e dai Nabatei**. Nel 106 d.C. entrò a far parte dell'impero romano e nel IV secolo, con l'avvento dell'impero d'Oriente, divenne sede di un episcopato. Quindi, dall'VIII secolo, quando passò sotto il controllo degli Arabi, **una serie di terremoti** e il declino dei commerci ne decretarono la fine.

Un luogo leggendario

La roccia nella quale è stata scavata la città è caratterizzata da stratificazioni di diverse tonalità che vanno dal rosso all'arancio e che, a seconda dell'incidenza del sole, creano giochi di colore spettacolari. Ancora oggi sono visibili le cisterne che servivano ad accumulare l'acqua piovana, bene prezioso in una zona desertica. A causa delle forti e improvvise precipitazioni, le gole e i canali asciutti diventavano spesso veri e propri torrenti in piena, ciò anche a causa dell'alta impermeabilità di quel tipo di roccia, e questo veniva sfruttato da **un' ottima rete idrica**, paragonabile come efficienza a quella dei romani, che serviva sia per l'acqua potabile sia per scopi agricoli.

Una meraviglia nella roccia. **Raqmu, il suo nome in lingua semitica, significa "la variopinta" ed è riportato anche nei misteriosi Rotoli di Qumran.**

Sbucando dal siq, la prima cosa che si vede è il **Khaznah**, che in arabo significa "tesoro", un palazzo la cui facciata emerge letteralmente dalla pietra. Non se ne conosce l'utilizzo esatto, probabilmente era un tempio o una fortezza. Le pareti di roccia sono disseminate di opere funerarie, templi ed edifici talmente numerosi e suggestivi che, ancora oggi, sono molte le leggende che narrano di **favolosi tesori nascosti** nella città.

Un ingresso da ricordare.
Percorrere il "siq", lo stretto sentiero nella gola che porta a Petra, è un'esperienza emozionante. Le pareti irregolari, alte fino a 80 metri, e le rocce sporgenti lo rendono pericoloso per chi vi si avventura a cavallo o a dorso di cammello. In fondo si scorge la facciata del Khaznah che, nella foto piccola, vediamo come un gioiello incastonato nella pietra.

Il mondo classico sullo schermo

Il mondo classico e l'antico Egitto, con i suoi misteri, non potevano non **affascinare sceneggiatori e registi** di tutto il mondo, dall'Europa a Hollywood. Sono infatti numerosi i film che ricostruiscono, romanzandoli, episodi, guerre e vicissitudini di eroi e divinità del passato nei luoghi delle antiche Sette Meraviglie del Mondo. Quello che segue è un semplice elenco, giusto una pennellata su di un mondo che costituisce le basi della nostra cultura.

ALEXANDER (2004)
Un kolossal sulla storia di Alessandro il Grande, re di Macedonia. Il sovrano che riuscì a realizzare il sogno di creare un grande regno che univa Oriente e Occidente. Una vita trascorsa sui campi di battaglia per conquistare quasi l'intero mondo allora conosciuto. Un re guerriero che amava le arti e la cultura, fondatore di molte città, alcune delle quali portano il suo nome ancora oggi, e di una tra le più grandi biblioteche mai esistite.

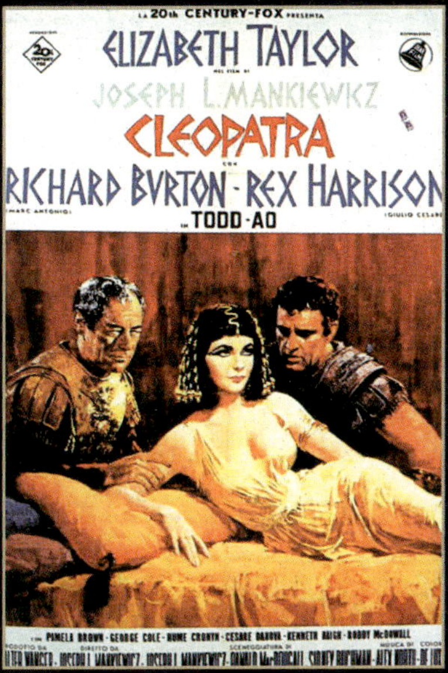

CLEOPATRA (1963)
Un classico del cinema di tutti i tempi. La storia della bellissima regina d'Egitto si intreccia con quella degli uomini più potenti di Roma che la conobbero: Cesare e Antonio.

LA MUMMIA (1999)
Un remake del più celebre film omonimo del 1932. Una spedizione archeologica tra le sabbie dell'antico Egitto, i membri della quale si scontreranno con una terribile maledizione.

IL RE SCORPIONE - THE ROCK (2002)
Un leggendario eroe dell'antico Egitto contro l'esercito di un terribile sovrano. Un mix di eroismo e stregoneria sono gli ingredienti di questa epopea che si svolge tra le sabbie del deserto.

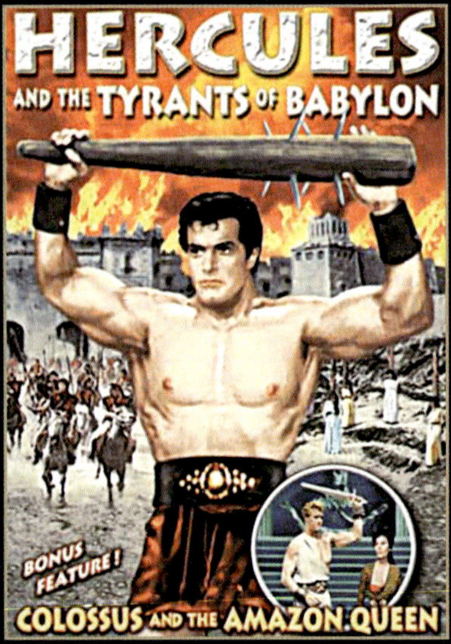

ERCOLE CONTRO I TIRANNI DI BABILONIA (1964)
I tiranni di Babilonia hanno spodestato il legittimo sovrano ma la figlia del re chiede aiuto a Ercole. L'eroe, con l'appoggio del popolo in rivolta, riuscirà a sconfiggere gli usurpatori e a liberare il sovrano.

TROY (2004)
Un kolossal hollywoodiano, per la verità storicam non molto fedele, con protagonisti di prim'ordine La storia di due tra i più leggendari amanti di tut tempi, Paride principe di Troia e Elena regina di S causa di una guerra lunga e sanguinosa.

ULISSE (1954)
Questa è una tra le più famose trasposizioni cinematografiche delle gesta dell'eroe omerico. Un classico del cinema epico italiano. Un viaggio tra i pericoli e le avventure che consentiranno a Ulisse di fare ritorno nella sua terra e al suo trono.

SCONTRO DI TITANI (1981)
Perseo, uno dei tanti figli semidivini di Zeus, per diventare un eroe deve superare numerose prove: come uccidere Medusa e, con la sua testa, sconfiggere un mostro marino. Solo allora potrà ottenere la mano di Andromeda. Ma la dea Atena lo ostacola in tutti i modi.

300 (2007)
Fotografia e colonna sonora sono i punti forti di questo film epico che narra dell'antica battaglia delle Termopili, nella quale il re Leonida, a capo di soli 300 spartani, combatté fino alla morte contro l'imperatore persiano Serse e il suo imponente esercito.

THE ODYSSEY (1997)
Altra trasposizione cinematografica del mitico viaggio di Ulisse, l'eroe che dovrà superare dieci anni di avventure prima di fare ritorno nella sua amata Itaca, dove ritroverà la fedele moglie Penelope e il figlio Telemaco.

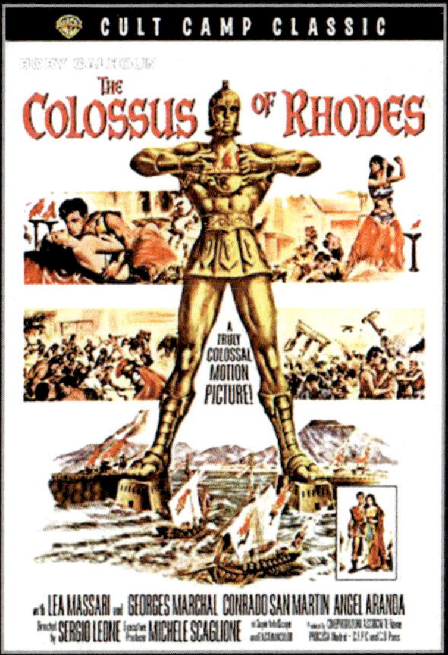

IL COLOSSO DI RODI (1961)
Sospetti e invidie a corte sono gli ingredienti della sceneggiatura di questo film, ambientato proprio ai tempi della costruzione del Colosso di Rodi.

Arrivederci!

Il viaggio dell'astronave di Voyager continua, come sempre alla ricerca di quanto di nuovo e di antico ci sia ai confini del mondo e della conoscenza. Basta mettersi comodi con gli Atlanti di Voyager in mano, per partire ancora insieme e scoprire, sorprenderci ed emozionarci davanti ai misteri della storia e dell'archeologia ma anche di fronte alle meraviglie della natura e dell'ingegno dell'uomo. Seguiremo le orme dei grandi esploratori usando la conoscenza dei moderni scienziati, percorreremo cammini nuovi utilizzando le più moderne tecnologie per scoprire un passato lontano. Guarderemo ciò che ci circonda con lo stupore dei bambini e l'attenzione dei vecchi saggi. Ci diciamo arrivederci con una riflessione di Charles Fort: "Ricordiamoci sempre che la verità è molto più stupefacente della fantasia, basta trovarla".

INDICE

56 Il mistero

88 Il viaggio

SCRIFINIA
BIARMIA
CARELIA
SCANDIA
SVETIA
GOTIA
LIVONIA
LITVANIA
POLONIA
BOHEMIA
EVROPA
CIRCASIA
FRANCIA
MARE MAGIORE
LOMBARDIA
DALMATIA
MACEDONIA
NATOLIA
ITALIA
ROMA
SPAGNIA
VALENZA
CARAMANIA
CORSICA
SARDENNIA
SICILIA
MOREA
CANDIA
MARE MEDITERRANEO
DESERTO
ARGIN
AFRICA
TEOREGA DESERTO
TARGA
GAVALATA R.
NVBIA
AGADE R
TOMBOTV R.
CASSENA R
GAGO R
MELLI R
GVBER
ZEGZEG R
BORNO R
TERMIAN R
BENIN
GVINEA R

TVRBI
MACRI
A R I A R I A
BARGV
CARACORAN
DESERTO
DESERTO
DE
MARE CASPIO
S
MAVRENA
DE SERTO
DE
TACALISTAN
MESOPOTAMIA
SABELISTAN
ARABIA
DESERTA
PERSIA
I N D
AGAIAZ
DESERTO
GOLFO
PERSICO
GVZARA
MARE
ROSSO
ARABIA FELI CE
MARE
DE
INDIA
GOLFO D'ARABIA
BOBAS
ARCIPELAGO DE

Progetto grafico, impaginazione e redazione:
Pier Paolo Puxeddu+Francesca Vitale studio associato

Referenze fotografiche:
Archivi Alinari, Firenze: © The Bridgeman Art Library pp. 23 basso, 41 alto, 54 alto, 58, 68-69, 76-77, 78, 81, 83 sfondo, 84.
Contrasto: © Album/Lux Film/Paramount p. 119 basso; © Album/Warner Bros./Buitendijk, Jaap pp. 116-117 grande; © Album/Warner Bros. Pictures pp. 120-121 grande; © Everett Collection/Warner Bros. pp. 118-119 grande; © Erich Lessing Culture and Fine Arts Archives pp. 2-3, 66-67 basso.
Corbis: © Jon Arnold/JAI p. 52; © The Art Archive p. 40 sfondo; © Yann Arthus-Bertrand p. 22 basso; © Bettmann pp. 8, 16 basso, 17 basso, 47, 64-65 grande, 71, 86-87; © Stefano Bianchetti pp. 60-61; © Tibor Bognar p. 25; © Anna Clopet p. 90; © Jose Fuste Raga pp. 10-11; © Jason Hawkes p. 31 grande; © Chris Hellier p. 43; © Historical Picture Archive p. 63 basso; © Mark A. Johnson p. 111; © Danny Lehman pp. 102-103 sfondo; © Frank Lukasseck pp. 108-109 basso e in copertina; © moodboard pp. 112-113 sfondo; © Michael Nicholson pp. 48-49 sfondo; © Richard T. Nowitz p. 107; © Paule Seux/Hemis p. 115 grande; © Paul A. Souders p. 53 grande; © Steven Vidler/Eurasia Press pp. 28, 104 basso.

Archivio Scala: pp. 18 sfondo, 48.
Archivio Voyager: pp. 36, 88-89, 96, 97, 98, 99, 122-123.

Illustrazioni:
Alessandro Baldanzi pp. 14-15, 20-21, 26-27, 32-33, 38-39, 44-45, 50-51

Dove non altrimenti indicato, le immagini appartengono all'Archivio Giunti.

L'editore si dichiara disponibile a regolare le eventuali spettanze per quelle immagini di cui non sia stato possibile reperire la fonte.

Curatore, coordinatore, responsabile scientifico e promotore della collana: Roberto Giacobbo

Si ringrazia:
Irene Bellini per Contenuti s.r.l.

www.giunti.it

Via Bolognese, 165 - 50139 Firenze - Italia
Via Dante, 4 - 20121 Milano - Italia

Prima edizione: aprile 2008

Ristampa	Anno
6 5 4 3 2 1	2012 2011 2010 2009

Stampato presso Giunti Industrie Grafiche S.p.A. – Stabilimento di Prato